교과서에 나오는 우리 고전 새로 읽기 3

고미담 고미답

• 설화와 신화 •

고전은 미래를 담은 그릇

고 전 이 미 래 의 답 이 다

정진 글 | 김주경 그림

아주 좋은 날

시간과 공간을 뛰어넘는 생명력을 가진 위대한 이야기들을 우리는 '고전'이라고 부릅니다. 그래서 고전을 읽는 일은 시공간을 초월한 여행길에 오르는 것과 같지요. 고전을 읽는 동안, 우리는 옛 사람들과 함께 의미 있고 풍요로운 상상의 여행을 하게 되니까요.

이 책을 읽는 여러분은 〈토끼전〉이나 〈심청전〉, 〈바리데기〉의 공통점이 무엇인지 아시나요? 작가가 누구인지 알 수 없다는 것입니다.

우리가 친근하게 알고 있는 이 작품들은 한 사람이 쓴 작품이 아닙니다. 근원 설화를 바탕으로 판소리를 거쳐서 소설로 만들어졌지요. 그 과정에서 많은 사람들이 참여해 이야기를 다듬고 보탰습니다. 그러니 한 사람이 아니라 여러 사람들이 함께 창작한 작품이라고 할 수 있지요. 특히 〈바리데기〉는 글이 아니라 말로 전해져 오던 구전 신화였습니다. 우리 고유의 민족 신화엔 옛 사람들의 삶과 꿈이 담겨 있습니다. 간절히 바라지만 현실에서 얻기 어려운 일들이 신화 속에서는 기적처럼 이루어지곤 합니다.

우리는 왜 이야기를 좋아할까요? 참된 인간은 어떻게 살아야 하는지, 무엇을 얻어야 행복해지는지, 이야기의 인물을 통해 끊임없이 생각하고 상상하게 해 주기 때문입니다. 그러니 우리 고유의 옛 이야기면서 앞으로도 계속 살아 있을 이야기인 '고전'을 통해 우리는 마음의 키가 쑥쑥 자라게 될 겁니다.

〈토끼전〉을 읽으면, 별주부와 토끼의 흥미로운 지혜 대결을 만날 수 있습니다. 아무리 위태로운 순간이 닥쳐와도 슬기로운 자는 살아남을 수 있다는 인생의 비법을 토끼에게 배워 보세요!

〈심청전〉을 읽으면, 아버지와 딸의 극진한 사랑을 만날 수 있습니다. 심청이 살았던 조선 시대엔 생명보다 훌륭한 가치가 효도였다는 것도 알게 되지요. 하지만 지금 시대엔 진정한 효도가 무엇인지 새롭게 생각해 봐야 합니다.

〈바리데기〉를 읽으면, 우리 신화에도 훌륭한 여신들이 있었다는 것을 알게 됩니다. 마고할미나 삼신할미를 비롯한 오구 여신(바리데기가 죽은 사람을 저승으로 인도하는 오구신이 됨) 이야기는 우리 민족의 자랑스러운 여성 신화랍니다.

고전은 시대에 따라 다양한 해석이 나오고, 그래서 여전히 미래에도 살아남을 수 있는 신비한 힘이 있답니다. 혼자보다는 여럿이서 함께 읽으면 훨씬 즐거워집니다. 부록에 나오는 토론으로 친구들과 유익한 이야기를 나누면서 재미있는 고전 여행을 즐기기 바랍니다.

차
례

토끼전

이름 모를 병에 걸린 용왕

땅 위에 있는 높은 산엔 산신령이 살고, 깊은 바닷속엔 용왕들이 살던 아득히 먼 옛날이었다. 용왕들 중에 나이가 가장 많으면서도 의욕이 넘쳤던 동해 광연왕은 용궁을 새롭게 꾸미기 시작했다. 광연왕은 화려한 보석들로 근사하게 치장한 용궁이 완성되자 자랑을 하고 싶었다. 그리하여 서해, 남해, 북해의 용왕을 다 초청해 낙성식(집을 지은 것을 기념하고 축하하는 행사)을 열고는 여러 날 동안 술을 마시고 흥청거리며 놀았다.

어찌나 잔치를 즐겼던지, 손님들이 다 돌아가고 나자 광연왕은 갑자기 기운이 빠져 쓰러져 버렸다. 그러고는 한 달이 지나도 용왕은 자리에서 일어나지 못하고 몸이 점점 나빠지기만 했다.

온갖 좋은 약을 써 봐도 회복이 되지 않으니, 용왕과 신하들 모두 눈앞이 캄캄하고 답답했다.

"아, 이 몸은 이대로 병명도 모른 채 죽어야 하는가? 참으로 슬프도다! 나라 밖에서라도 훌륭한 의원을 구해 오라."

용왕이 하소연하자, 신하 하나가 조심스럽게 입을 열었다.

"소신 좌의정 잉어가 삼가 아룁니다. 듣자오니, 조선 땅 금강산에 사는 신선의 의술이 뛰어나다 합니다."

잉어는 앞선 임금 때부터 정성을 다해 충성을 바친 나이가 수천 년이나 된 충신이었다. 그 말을 들은 용왕은 당장 희망이 생겼다.

그로부터 얼마 뒤, 잉어가 말한 금강산 신선이 용궁을 찾아왔다. 신선은 용왕의 몸을 정성스레 진맥하고 나서, 깊은 한숨을 쉬며 말했다.

"용왕님, 이 병은 용궁 집들이 잔치 끝에 난 병이 아닙니다. 이미 그전부터 깊은 병이 들어 있었습니다. 용왕님이 젊었을 적에 술과 담배를 너무 많이 취한 것이 원인입니다. 술은 사람을 미치게 하고 담배는 몸을 망치게 하는 만병의 근원입니다. 그것들 때문에 용왕님의 병이 뼛속에 들었습니다. 아무래도 용왕님의 병은 회복되기가 어렵겠습니다."

용왕은 큰 충격을 받아 정신이 아득해졌다. 겨우 정신을 차리고 힘없이 물어보았다.

"나 좀 살려 주시오! 효험이 없을지라도 묘한 술법을 써서 약방문이나 하나 내어 주시오. 제발 부탁이오."

용왕이 구슬프게 비니, 신선의 마음이 움직였다.

"정 그러하시다면 용왕님께 약방문 하나 지어 올리겠습니다. 용왕님의 병은 노폐물들이 오랫동안 쌓여서 몸을 완전히 축내고 기를 다 빼앗아 생긴 골병이라서 듣는 약이 없습니다. 다만 신통한 효험을 볼 수 있는 게 딱 한 가지 있습니다."

그 말을 들은 용왕의 귀가 번쩍 뜨였다.

"그, 그게 무슨 약이오?"

"바로 토끼의 생간입니다. 생간을 구해 곧바로 잡수시면 병환이 나을 수 있을 겁니다."

"맞는 약이 없다 하더니, 어찌하여 토끼의 생간은 약이 된다는 거요?"

용왕이 솔깃한 마음에 다급하게 물었다.

신선이 시원스럽게 대답을 해 주었다.

"토끼는 산속에 사는 좋은 짐승이고, 용왕님은 물속에 사시는 뛰어난 인물이십니다. 산은 '양'이요, 물은 '음'이니 용왕님과 토끼는 서로 '음양'이 잘 어울리는 것입니다. 또 몸에서 '간'이라 하는 것은 밖에서 들어오는 모든 병을 물리치고 몸의 건강을 지켜 주는 가장 중요한 기관입니다. 그러므로 용왕님과 음양 조화가 맞는 토끼의 생간을 쓰시면 용왕님의 간은 다시 좋아지실 겁니다. 그럼 용왕님의 건강이 회복되어 신통한 효험을 보시게 되니, 용왕님의 병환에는 오로지 그 방법밖에 없습니다."

신선은 제 할 말을 마친 뒤에 홀연히 사라졌다.

"모든 신하들은 즉시 입궐하라."

용왕의 어명을 들은 동해의 모든 신하들이 바삐 헤엄쳐 궁으로 들어왔다.

"금강산의 천하 명의로 유명한 신선이 알려 주기를, 땅에 사는 토끼의 생간이 내 병에 신통한 효험을 보일 약이라 했노라. 그러니 땅에 나가 토끼를 산 채로 잡아 올 인물이 누가 있느냐?”

모두들 어찌할 바를 몰라 고개만 조아리고 침묵을 지켰다. 용왕에 대한 충성심이 없기 때문이 아니었다. 바닷속 물고기들은 태어나 한 번도 땅으로 나가 본 적이 없을 뿐 아니라 토끼란 이름조차 처음 들어 보았기 때문이다.

이때, 별주부인 자라가 용기를 내어 용왕에게 아뢰었다.

“용왕님, 저를 보내 주시옵소서. 만일 운수가 좋지 않아 제가 토끼를 못 잡아 오는 날에는 기꺼이 제 목을 바치겠나이다.”

자라가 목숨을 걸고 하는 말에 용왕이 크게 기뻐했다.

“허허허, 우리 용궁에 별주부 그대와 같은 충신이 있었단 말인가? 별주부 그대를 ‘토끼 생포 대장군’에 임명하니, 그대는 있는 힘을 다하여 공을 세워 주기 바라오.”

별주부 자라는 용왕에게 토끼를 그린 화상을 한 장 달라고 부탁했다. 한 번도 토끼를 본 적이 없어서였다. 기꺼이 용왕은 화공을 불러 토끼 화상을 그려 주었다.

천하의 이름난 산을 구경하는 동그랗고 빨간 토끼의 눈, 온갖 아름다운 새들이 노래하는 소리를 듣는 긴 귀, 온갖 향기로운 풀을 오물오물 따 먹는 귀여운 입, 여러 가지 각기 다른 냄새를 분간하는 작고 매끈한 코, 동지섣달 눈 내릴 때 차가운 바람 막아 주는 포근한 털,

여러 산봉우리와 골짜기를 펄펄 뛰는 짧은 앞발과 긴 뒷발, 뭉툭한 꼬리.

그림을 보니 두 눈은 도리도리, 두 귀는 쫑긋, 허리는 잘룩, 앞다리는 짤막, 뒷다리는 길쭉, 꼬리는 뭉툭한 신기한 모습이었다. 별주부는 금방이라도 살아 튀어나올 것만 같은 토끼 화상을 목 안쪽에 은밀하게 집어넣고 궁궐을 나왔다.

별주부는 집으로 돌아와 가족들에게 작별 인사를 했다. 별주부가 먼저 어머니에게 하직 인사를 올렸다.

"저 하나만 바라보고 살아오신 어머니의 은혜, 제가 어찌 한시라도 잊겠습니까? 하오나 나랏일이 급하니 잠시 어머니 품을 떠날 뿐입니다. 제가 반드시 토끼를 사로잡아 나라에 충성하고 어머니께도 효도할 터이니, 아무 걱정하지 마시고 편안히 기다려 주십시오."

별주부의 아내가 그런 남편에게 의연하게 말했다.

"서방님, 인간 세상은 위험한 땅이라 들었습니다. 보내기는 싫지마는, 나라의 막중한 일이라 보내 드립니다. 서방님이 나라를 위해 일하시다가 혹여 돌아가시더라도 제 걱정은 마세요. 저는 늙은 시어머니를 모시고 어린 자식들을 책임지고 길러 내겠습니다."

별주부가 안심하며 대답했다.

"목숨이 길고 짧은 것은 하늘에 달렸다고 하오. 내가 돌아올 동안 늙으신 어머니와 어린 자식들을 잘 보살펴 주시오. 당신만 믿고 나는 떠나오."

땅으로 올라간 별주부

땅 위는 바야흐로 꽃 피고 새 우는 봄날이었다. 온갖 생물들이 봄을 맞아 스스로 즐거움을 누리는 시절이었다.

앞산과 뒷산에는 붉게 단장한 꽃들이 찬란하고, 앞 시내와 뒤 시내에 흐르는 맑은 물은 흰 비단을 펼쳐 놓은 듯했다. 땅에 도착한 별주부는 넋을 잃고 아름다운 봄 경치를 구경했다.

'아이고, 내가 지금 이럴 때가 아니지!'

별주부는 수풀 사이에 숨어서 토끼의 자취를 살폈다.

별주부의 눈길이 산에서 내려오는 온갖 짐승들을 발견했다. 길짐승들이 나오는데, 조그만 몸으로 재빠르게 요리조리 뛰어다니는 귀여운 다람쥐가 앞장을 섰다. 알록달록 반점이 있는 의젓한 노루가 뒤를 따라왔다. 또 아름다운 뿔을 자랑하는 사슴이 예민한 귀를 쫑긋쫑긋하며 가볍게 뛰어왔다. 조금 있으니, 이번에는 교활한 표정의 너구리와 여우가 이리저리 눈치를 살피며 내려왔다. 원숭이는 그 뒤에서 폴짝폴짝 이 나무 저 나무의 가지를 번갈아 잡으면서 까불까불 내려왔다. 끝으로 무섭게 생긴 짐승들이 내려왔다. 살쾡이, 이리, 늑대, 승

냥이, 멧돼지, 곰, 범 같은 무서운 짐승들이 배가 고픈 표정을 지으며 내려왔다. 맨 뒤에는 먼 곳에서 온 코끼리와 사자가 큰 몸을 천천히 움직이며 어슬렁어슬렁 내려왔다.

그런데 아무리 눈이 아프게 둘러봐도 토끼 화상에 그려진 토끼는 보이지 않았다. 별주부가 움츠린 목을 길게 빼어 이리저리 휘둘러 살펴보는데, 저 뒤쪽에서 한 짐승이 혼자서 깡충깡충 뛰어왔다.

'그림이랑 똑같네, 똑같아!'

별주부가 신기해서 토끼를 보고 다시 화상을 보니 감탄이 절로 나왔다.

'영락없는 토끼로구나!'

별주부가 소리 높여 점잖게 토끼를 불렀다.

"용모와 풍채가 매우 좋은 그대여, 그대는 토 선생이 아니신가? 나는 본래 수중의 호걸로서 육지의 좋은 벗을 얻고자 널리 찾아다녔소. 오늘에야 드디어 산중의 호걸을 만났도다. 기쁜 마음을 이기지 못하여 이렇게 인사를 청하노라."

누가 저를 대접하여 칭찬함을 들은 토끼는 속으로 매우 기뻤지만 겉으로는 점잖은 척하며 대꾸했다.

"나를 찾는 이는 누구신가? 산이 높고 골이 깊은 이 강산 경치 좋은데, 날 찾는 이 누구신지……."

토끼는 두 귀를 쫑긋 세우고 네 다리를 거만하게 놀리면서 별주부를 살펴보았다. 토끼의 눈에 별주부 자라의 모습은 정말 요상하게 보였다. 생긴 모양이 둥글넓적하고 거뭇거뭇하며 등짝이 편편하니 영 이상해서 어찌할까 주저했다.

이때 별주부가 말을 걸었다.

"토 선생, 우리 이렇게 만난 것도 인연이니 인사라도 나눕시다. 일단 서로 가까이 앉읍시다."

점잖게 말하는 모습을 본 토끼가 마음을 놓고, 자라 곁에 가서 서로 절하고 인사를 했다.

별주부가 먼저 수작을 걸었다.

"내가 토 선생의 높은 명성을 들은 지 오래되었소. 진작부터 한번 보고 싶었건만, 오늘 이렇게 산중호걸을 만나니 참으로 반갑구려. 어찌 이리 늦게 상봉하게 되었는지 참으로 안타깝소."

처음부터 별주부를 이기려고 작정을 한 토끼가 말을 꺼냈다.

"허허, 내가 사해를 두루두루 다니며 인물 구경도 많이 하였지만 세상에 나서 그대처럼 못생긴 얼굴은 처음 보는도다!"

별주부는 그 말을 듣고 매우 불쾌했지만, 막중한 임무를 떠올리며 침착하게 대답했다.

"내 성은 '별'이요, 호는 '주부'라 하오. 내 등이 넓은 것은 물속에 다녀도 가라앉지 아니하고자 함이요, 발이 짧은 것은 땅에 다니며 넘어지지 아니하고자 함이라오. 또 목이 긴 것은 먼 데를 잘 살펴보고자 함이요, 몸이 둥근 것은 세상 살아감을 둥글게 하고자 함이라오. 이렇듯이 나는 수중의 영웅이요, 물속에 사는 무리의 어른이라오.”

점잖게 말을 술술 잘하는 별주부에게 토끼는 감탄하고 말했다.

“허허, 별주부 선생, 그대는 말도 참 잘하시오. 내가 세상에 태어나서 지금껏 오랜 세월 수많은 자들을 겪어 보았으나 그대 같은 인물은 처음 보오.”

그러자 별주부는 용궁에서 사는 재미를 자랑스럽게 읊어 대기 시작했다.

“토 선생! 땅에 사는 그대의 고단한 신세를 생각해 보았소. 그대는 여덟 가지 어려움을 면하기 어렵도다. 두 귀를 기울이고 내 말을 자세히 들어 보시오.

첫째 어려움은 추운 겨울에 흰 눈은 펄펄 흩날리고 바위가 층층이 쌓인 절벽은 빙판이 되어 어디 가서 발을 붙일까 하는 것이오.

둘째 어려움은 그 추운 겨울날에 먹을 것이 전혀 없어 식은땀이 질질 흐르고 네 다리가 후들후들 떨리는 것이라오.

셋째 어려움은 오뉴월 삼복중에 산과 들에 불이 나고 시냇물이 끓을 때에 짧은 혀를 길게 빼고 급한 숨을 헐떡거리는 가련함이라오.

넷째 어려움은 봄바람 불어 화창할 때 독수리가 두 날갯죽지를 옆에 끼고 화살 쏘듯이 달려드는 것이라오. 그대는 두 눈에 번쩍 불이 나고 작은 몸이 소스라치게 놀라, 바위틈으로 바삐 찾아 들어가 벌벌

떠는 신세라오.

　다섯째 어려움은 그런 죽을 위기를 넘긴 후에 천방지축 달아나 조용한 곳을 찾아가니, 매를 쫓는 사냥꾼이 냄새 잘 맡는 무서운 사냥개를 시켜 그대를 급히 쫓아올 때라오.

　여섯째 어려움은 사냥하는 포수가 아주 잘 맞추는 총을 둘러메고 그대를 향해 방아쇠를 당길 적에 간신히 도망하여 숨을 곳을 찾아가는 것이라오.

　일곱째 어려움은 그대가 그렇게 알뜰히 고생한 뒤에 산속으로 달아나니, 이번에는 산주인인 커다란 호랑이가 '어흥!' 하고 소리 지르며 나타나는 것이라오.

　마지막으로 여덟째 어려움은 겨우 호랑이를 피해 넓은 들판으로 간 그대를 향해 나무 베는 목동이랑 소 먹이는 아이들이 창검과 몽둥이를 들고 달려들어 '우우!' 소리 지르면서 마구 찌르려 할 때라오. 이렇게 끝없이 도망을 쳐야 하는 그대의 신세를 난 사실대로 말하는 것이라오."

　별주부의 청산유수 같은 말을 다 들은 토끼는 순간 할 말을 잃었다.

　"어허, 토 선생. 그대는 이같이 어수선하고 야단스러운 육지 세상에서 어찌 사시오? 이제 그대가 나를 만났으니, 이 기회에 요란하고 시끄러운 땅 위의 세상을 하직하고 나를 따라 바닷속 용궁에 들어갑시다. 가기만 하면, 신선이 사는 곳의 경치도 구경하고 천도복숭아 같은 불사약과 신선이 마시는 좋은 술을 날마다 질리도록 마실 수 있소. 아리따운 선녀와 벗이 되어, 선녀가 타 주는 가야금 소리에 맞추어 좋은 글도 지으면서 마음대로 노닐 것이오. 그때가 되면 이 세상에서 고생했던 일은 꿈속의 일처럼 여기게 될 것이오."

토끼는 마음이 솔깃하기는 하나, 의심이 들어 고개를 흔들었다.

"허허, 별주부 선생. 옛 속담에 '여우 피하면 범 만난다'는 말도 모르오? 땅 위에서 지금껏 살다가 무슨 엉뚱한 생각으로 바닷속 용궁에 들어가겠소? 다시는 그따위 말로 나를 유혹하지 마시오."

별주부가 부러 어이가 없다는 듯이 허허 웃었다. 그러면서 토끼를 살살 어르며 말했다.

"자, 내가 지금 토 선생의 관상을 보아 주겠소. 토 선생의 얼굴색이 누릇누릇하여 금빛을 띄었으니 이른바 금이 물을 낳는다는 것이라, 물과 상생이 되어 조금도 염려할 일이 없소. 또 토 선생의 목이 길어서 고향을 떠나 그리워하며 살아갈 기상이고, 아래턱이 뾰족하니 곧 물 아래로 들어가면 만사가 풀릴 것이오. 게다가 토 선생의 두 귀가 희고 잘생겨서 남의 말을 잘 들어야 부귀를 얻을 것이라오. 이마가 시원하게 탁 트였으니 벼슬살이를 하여 이름을 빛낼 것이며, 목소리가 화평하니 한평생 험한 일이 없을 것이오. 허허, 이처럼 토 선생의 얼굴 됨됨이가 두루 갖추었으니, 앞으로 부귀영화는 다 맡아 놓았소."

토끼가 좋아서 어쩔 줄 모르는 모습을 모른 척하며 별주부는 계속 말했다.

"그대가 세계를 다스릴 만한 영웅호걸의 관상이나, 다만 큰 아쉬움이 하나 있소. 그대가 팔팔 뛰는 버릇이 있으므로 육지에만 있어서는 복을 누리지 못하오. 도리어 예전처럼 곤란한 재앙만 돌아올 것이오. 그에 비해 우리 용궁은 친구를 한번 천거하면 처음부터 끝까지 변함이 없으니, 세상에 벼슬하기가 이렇게 좋은 곳이 없소이다."

토끼가 기뻐서 쌩긋쌩긋 웃으며 말했다.

"하하하! 별주부 선생은 요즘 사람이 아니로다. 나 같은 덧없는 인생을 좋은 곳에 천거한다고 하니 감격할 수밖에! 하지만 용궁에 들어가서 내가 벼슬하기가 그리 쉬울 리 있겠소?"

'옳지. 요놈이 이제야 속아 넘어갔구나!'

별주부는 마음속 생각을 전혀 내색하지 않고 태연하게 말했다.

"어허, 뭘 모르는 소리!"

별주부는 짐짓 큰 소리로 자신 있게 떠들어 댔다.

"지혜가 밝은 임금이 좋은 신하를 가리고, 어진 신하가 좋은 임금을 가린다고 했소. 우리 용왕님께서는 거짓 없고 참된 마음을 지니셨고 문무를 아우른 분이라오, 그래서 한 가지라도 능한 사람, 한 가지 재주라도 가진 선비에게도 벼슬과 직책을 맡기신다오. 그러니까 나같이 재주 없는 인물도 벼슬이 '주부'라는 일품 자리에 올랐거늘, 하물며 그대처럼 보고 듣고 아는 게 많은 이가 용궁에 들어가면 수군절도사(조선 시대의 해군 사령관)는 맡아 놓은 당상이지 않겠소?

또한 그대의 반듯하고 훤한 얼굴을 화공들이 그릴 것이며, 큰 공을 세운 이름을 역사책에 실어 후대에 전하고 있다오. 이것이 재주가 뛰어난 사나이가 누릴 수 있는 최대의 영광이 아니겠소? 이 어찌 아름다운 일이 아니며 가문의 영광이 아니겠소!"

좋아서 어쩔 줄을 몰라 웃던 토끼가 갑자기 걱정스런 표정을 지었다.

"별주부의 말씀은 참으로 내 마음에 쏙 드는 말씀이오. 그런데 어젯밤 꿈이 불길하여 마음이 꺼림칙하다오."

별주부가 얼른 대답했다.

"토 선생, 내가 젊어서 해몽하는 법을 조금 배웠다오. 그대의 꿈 이야기를 어서 들려주시오. 내가 듣고 풀어 주겠소."

토끼가 고개를 갸웃거리며 말했다.

"글쎄, 꿈에 칼로 배를 찔려서 온몸이 피로 범벅이 된 끔찍한 모습을 보았소. 좋지 못한 일을 당할까 염려가 되는구려."

별주부는 속으로 찔끔했지만 시치미를 떼고 꾸짖었다.

"하이고! 토 선생은 매우 좋은 꿈을 가지고 공연히 걱정하는구려. 원래 '꿈보다 해몽'이라 하였으니 꿈은 꾸는 것보다 제대로 잘 풀이하는 게 더 중요하다오. 자, 내가 꿈풀이를 해 줄 테니, 잘 들어 보시오."

별주부는 있는 힘을 다하여 거짓말을 늘어놓았다.

"배에 칼을 댔으니, 칼은 금속이라 금으로 된 띠, 곧 벼슬아치의 관대를 허리에 두르게 된다는 뜻이오. 또한 온몸에 피 칠을 하였으니 피는 붉은색이라 붉은색 옷, 곧 벼슬아치의 옷인 홍포를 입게 될 징조라오. 그대의 꿈은 아주 귀한 꿈으로, 용궁에 들어가면 좋은 일이 있을 거라는 길몽이오!"

별주부의 연설에 토끼는 점점 곧이듣게 되었다. 당장 용궁에서 높은 벼슬을 받을 듯이 기뻐하여 표정이 밝아졌다.

일말의 의심이 사라진 토끼는 속마음을 탁 털어놓았다.

"그동안 내가 땅 위에 살면서 두고두고 못 잊을 일이 있으니, 몹쓸 사람들이 무서운 일자총을 둘러메고 나와 내 가족 목숨을 빼앗으려 할 때였소. 내가 이리저리 달아나다가 괴로워서 접시 물에 빠져 죽고 싶은 적이 한두 번이 아니었다오. 그러다 보니, 내 큰아들은 나무 베는 아이에게 죄 없이 잡혀가서 죽었는지 살았는지 알 수도 없게 되었소. 게다가 작은아들은 사냥개에게 물려 가서 까막까치 밥이 된 지 오래됐소. 그 일들을 생각하면 이가 갈리고 마음이 한없이 답답하여, 이 원수의 세상을 어떻게 떠날까 밤낮으로 골똘히 생각한 적도 많았다오. 오늘 천만뜻밖에 그대와 같은 귀인을 만나 어두운 곳을 떠나 밝은 곳으로 가게 되었구려! 참으로 하늘이 나를 지시하시고 귀신이 도우심이라."

이렇게 토끼가 별주부에게 감쪽같이 속아 넘어가서, 별주부의 등에 막 올라갈 참이었다.

바로 그때였다. 저 바위 밑에서 너구리가 쑥 기어 나왔다.

"토끼야, 너 어디 가느냐? 수풀 속에 누워서 얼핏 잠이 들었다가 너희들이 하는 수작을 처음부터 끝까지 대강 들었다. 그런데 내 생각엔 토끼 네가 몹시 위태롭게 느껴진다. 너처럼 졸지에 부귀영화를 탐내다가는 나중에 재앙이 올 수도 있어! 아마도 고기 배 속에 장사 지내기가 십중팔구일 거다. 잘 생각해 보고 행동해라. 내 너의 오랜 친구라서 충고하는 거다."

오랜 친구인 너구리의 말에 토끼는 얼굴빛이 점점 어두워졌다. 토끼가 뒷걸음질을 막 치려고 할 때였다.

별주부 또한 갑자기 나타난 너구리 때문에 정신이 번쩍 들었다.

'아니, 다 된 밥에 저 놈이 재를 뿌리려 하는가? 아주 몹쓸 놈이로다. 좋은 일에 마가 낀다 하더니 딱 그 꼴이로군.'

별주부는 코웃음을 치며 짐짓 여유를 부렸다.

"어허, 우습도다. 토 선생, 그대가 잘되고 나면 내가 술잔이나 한 잔 얻어먹는다 하겠으나, 죽을 곳에 들어가면 나한테 무슨 좋은 일이 있겠는가? 그런데 왜 너구리는 토 선생 일에 대해 꽃밭에 불을 지르려고 하는가? 괜히 남이 잘되는 꼴을 못 보아 질투를 하는가? 아니면 자기가 가지 못해서 시샘이 나는가? 에이, 이런 의심까지 받아 가면서 더 이상 말하기 싫다. 끼리끼리 모인다더니, 알고 보니 졸장부뿐이라. 부귀영화가 저런 무리에게 무슨 의미가 있겠나?"

별주부가 이처럼 비방하고 짐짓 작별 인사 하는 시늉을 했다.

"자, 그럼 토 선생은 잘 있으시오. 너구리도 그럼 이만!"

이럴까 저럴까 정신이 혼란스럽던 토끼는 문득 아까운 생각이 들었다. 그래서 등을 돌리고 떠나가려는 별주부에게 달려가 두 손을 덥석 쥐며 말했다.

"별, 별주부 선생! 왜 그리 남의 말에 노여워하시오? 죽어도 내가 죽고 살아도 내가 사는 것 아니오? 그러니 별주부 선생은 아무 염려 말고 가십시다."

'후유! 이제 내가 살았노라.'

별주부가 마음속으로 안도의 한숨을 내쉬었다. 그러면서 다시 토끼 마음이 변하기 전에 얼른 떠나야겠다고 생각했다.

"토 선생 마음이 굳세어 변함이 없다면 어찌 내가 딴말을 하겠소? 토 선생은 어서 내 등 위에 올라타시오. 용궁으로 갑시다."

용궁으로 간 토끼

별주부가 토끼를 등에 태우고 파도를 헤치며 깊은 바다 용궁 속으로 헤엄쳐 들어갔다.

별주부 등에 탄 토끼는 흥에 겨워 혼잣말을 했다.

"내가 이제 용궁에 들어가면, 아무 근심 없이 남은 평생을 편하고 즐겁게만 살아야지!"

의기양양한 별주부는 범이 날개가 돋친 듯, 용이 여의주를 얻은 듯 기운이 절로 나서 먼 바다 큰 물결을 순식간에 헤치고 용궁에 들어갔다.

별주부가 토끼에게 내리라 하자, 토끼는 폴짝 내려와 눈을 똥그랗게 뜨고 사방을 살펴보았다. 진주로 꾸민 집과 산호로 지은 궁궐은 하늘 높이 솟아 있으며, 수를 놓은 대문과 비단으로 바른 창문이 영롱하고 찬란했다. 토끼가 용궁의 화려한 모습에 기뻐하며 생각했다.

'과연, 잘 왔도다!'

토끼는 홀로 웃음을 지으며 입이 쩍 벌어졌다.

별주부가 토끼를 손님이 묵는 객관에 잠시만 머무르라고 했다. 자기는 용왕에게 가서 귀한 손님을 땅에서 모셔왔음을 보고하고 오겠다고 했다. 토끼는 별주부가 얼른 다녀와서 자기에게 빨리 높은 벼슬을 가져다주기만 기다리고 있었다.

한편 별주부에게 보고를 받은 용왕이 토끼를 어서 잡아들이라 명했다. 어명을 받은 금부도사(어명을 받고 죄인을 잡아들이는 벼슬아치)가 나졸들을 거느리고 객관에 득달같이 도착했다.

토끼는 홀로 앉아 별주부가 돌아오기만 기다리고 있는데, 뜻밖에 금부도사가 들이닥쳐 어명을 외치고, 나졸들이 좌우로 달려들어 온

몸을 묶고 질풍같이 달려가니 정신을 잃어버리고 말았다.

토끼가 겨우 정신을 차려서 주위를 둘러보니, 용왕이 앉은 용상 아래 무릎이 꿇려 있는 게 아닌가. 토끼가 놀란 눈으로 용왕을 우러러보았다. 용왕은 머리에 옥구슬이 달린 통천관을 쓰고, 몸에는 곤룡포를 입고, 손에는 임금의 상징인 백옥홀을 쥐고 앉아 있었다. 모든 신하들이 좌우로 나뉘어 용왕 앞에 서 있으니, 그 풍경이 엄숙하고 위엄 있었다.

용왕이 왕의 명령을 전하는 선전관 전어를 시켜 토끼에게 명령했다. "나는 동해 바다 나라의 임금이요, 너는 산중의 조그마한 짐승이라. 내가 죽을병에 걸려 목숨이 위태하여 온갖 약이 효과가 없더니, 하늘의 도움으로 의술이 뛰어난 신선을 만났다. 신선이 네 간을 얻어먹으면 살아날 수 있다 하여 특별히 별주부를 보내어 너를 데려왔다. 그러니 너는 하늘의 뜻인 죽음을 원망하지 마라."

그 말을 듣자마자 토끼는 마른하늘에 날벼락이 치는 듯 정신이 아득해졌다. 참으로 기가 막혔다.

'하이고, 내 오랜 친구 너구리의 말이 옳았구나!'

그토록 가지 말라고 말리던 너구리의 말을 듣지 않다니, 후회가 막심했다. 그러나 이대로 죽고 말기에는 너무 억울하다는 생각이 들었다. 토끼는 젖 먹던 힘을 다하여 머리를 굴렸다.

토끼의 기지

토끼가 온갖 지혜를 다 짜 보려고 머리를 쓸 때였다. 문득 번개처럼 머리를 스치고 지나가는 꾀가 있었다.

'아하! 바로 그거다.'

토끼는 마음을 가라앉히고 태연한 표정으로 고개를 쳐들고 용왕을 바라보았다.

"용왕님, 이왕 죽을 목숨이오나 제가 한 말씀 아뢰고 죽고자 하옵니다. 허락해 주시옵소서."

용왕은 어차피 토끼는 독 안에 든 쥐라 안심하고 허락해 주었다.

"저는 보통 짐승들과 달라서 지금 간을 가지고 있지 않습니다. 토끼들은 본디 백두산과 같은 신령스러운 산의 맑은 정기 아래 태어나, 아침 이슬과 저녁 안개를 받아 먹고 삽니다. 또 날마다 명산을 찾아다니면서 고운 꽃과 향기로운 풀과 좋은 약수를 먹고 삽니다. 이렇게 평생을 깨끗하게 살기 때문에 우리 토끼는 몸속의 오장육부, 심지어는 똥집과 오줌통까지도 다 약이 된다 하여, 천하의 명약으로 소문이 난 것이랍니다. 그중에서도 간은 몸속의 좋은 정기가 뭉쳐진 최고의 명약이지요."

토끼는 막힘없이 술술 말을 이었다.

"그러다 보니 온갖 병자들이 우리 토끼만 만나면 간을 약으로 달라

고 몹시 보채어 귀찮을 정도입니다. 특히 병이 뼛속에 맺혀 곧 죽게 될 사람들이 우리 토끼의 간만 먹으면 살 수 있음을 알고 아주 환장을 합니다. 우리 토끼들은 그런 부탁이 너무 귀찮아 도저히 견딜 수가 없답니다. 그래서 우리는 간과 염통을 줄기 채 모두 떼어 내어 청산유수 맑은 물에 설설이 흔들어서, 높고 높은 산봉우리 아무도 모르는 곳에 깊이깊이 감추어 두고 삽니다.

만약에 별주부가 미리 용왕님의 사연을 이야기해 주었다면 참으로 좋았을 겁니다. 그랬으면 간뿐 아니라 염통 줄기까지도 다 가져다가 용왕님께 바쳤을 테니까요. 그러면 용왕님은 병이 회복되어 좋고, 저는 일등공신이 되어서 좋고, 별주부도 부귀영화를 누릴 수 있었을 터이니 모두가 다 좋지 않았겠습니까?”

토끼는 별주부를 원망스러운 눈빛으로 쏘아보았다.

“이 멀고 험한 바다 물길 속을 한 번 오는 데도 며칠씩 걸렸는데, 별주부가 저를 속이는 바람에 두 번씩이나 육지를 왕래하게 생겼습니다. 용왕님 병환이 시급한데, 언제 다시 육지로 나갔다가 간을 가지고 돌아올는지! 미련한 별주부가 안타깝고 딱할 뿐입니다.”

토끼가 별주부를 향해 큰 소리로 꾸짖었다.

“네가 임금을 위하는 정성이 있으면서, 어찌 이러한 사정을 일체 숨기고 내게 말하지 아니하였느냐?”

용왕은 토끼의 말을 들으면 들을수록 참으로 황당했다. 너무 어이가 없고 화가 나서 아픈 몸을 일으켜 야단쳤다.

"참으로 발칙하고 당돌한 토끼야! 네놈이 나를 바보로 아느냐? 하늘과 땅 사이에 사는 사람에서부터 작은 짐승에 이르기까지, 제 배 속에 붙은 간을 무슨 수로 꺼냈다 집어넣었다 하겠느냐?"

토끼가 비록 속은 바짝바짝 타들어 갔지만 살기 위하여 목숨을 걸고 연기했다. 토끼는 일부러 미소를 띠며 마지막 승부수를 던져 보았다.

"용왕님, 만일 제 배를 갈랐다가 간이 있으면 다행이겠지만, 제 말대로 간이 없다면 그때는 누구에게 간을 달라 하시겠습니까?"

하도 오랫동안 아파 정신이 약해진 용왕은 토끼의 마지막 승부수에 넘어가고 말았다. 용왕이 망설이자, 그 모습을 본 토끼는 얼씨구나 하고 더욱 자신감이 붙었다.

"용왕님, 어찌 이다지도 의심이 많으십니까? 하루에도 수만 명이 죽는데 제 목숨이 어찌 아깝겠습니까? 하지만 용왕님은 동해 바다를 거느리는 대왕으로 귀하신 옥체를 보존해야 하시지 않습니까? 만일 용왕님께 무슨 일이 생긴다면 삼천리 국토와 구중궁궐을 누구에게 내어 주며, 수많은 백성을 누구에게 맡기시렵니까? 그러니 육지에 있는 제 간을 하루 빨리 가져와서 쾌차하시기를 간절히 빕니다. 용왕님이 나으시면 아무 염려 없이 만 년이나 오래 사실 것이니 좋고, 저 또한 일등공신이 되니 좋지 않겠습니까? 이러한 중요하고 좋은 일에 어찌 제가 거짓을 고하겠습니까?"

토끼는 제 말에 취하여 눈물까지 글썽했다.

이처럼 토끼가 용왕을 가장 위하고 생각하는 듯 말하니, 용왕이 곧 이듣고 점점 헷갈리기 시작했다.

'지금 저 토끼의 배를 갈라 혹시 간이 안 나온다면? 그럼 죽은 토끼를 다시 살릴 수도 없다! 그럼 또 누구에게 간을 달라 하겠는가? 차라리 저 토끼를 잘 달래어 간을 얻는 편이 낫겠다!'

용왕이 좌우에 명하여 토끼의 몸에 묶은 오랏줄을 풀어 주라 일렀다. 그러고는 토끼를 용상 옆에 불러 앉히고 부드럽게 말하며 환심을 사려 했다.

"토 선생, 그대의 말이 옳은 듯하오. 내가 몸이 아프고 늙어서 잠시 판단력이 흐려졌으니, 토 선생은 과인의 망령됨을 크게 허물치 마오."

용왕이 백옥으로 만든 술잔에 천 일 동안 묵힌 귀한 술을 가득 부어 권하였다. 토끼를 재삼 위로하기 위해서였다.

토끼가 공손히 받들어 천일주를 마신 후, 다시 용상 밑으로 내려와 무릎을 꿇고 공손히 대답하여 아뢰었다.

"용왕님, 너무 괘념치 마십시오. 살다 보면 이런 일 저런 일 당하고 사는 것이 세상살이 아닙니까? 옛날 성인들도 실수는 있었으니 용왕님의 허물은 아무것도 아닙니다. 저는 다 잊었습니다. 다만 저 별주부의 꼼꼼하지 못한 성격과 충성스럽지 못함이 가엾습니다."

토끼는 자기를 잡아 온 별주부를 은근히 역적으로 몰아갔다.

용왕이 별주부에게 명을 내렸다.

"별주부 그대는 수고를 아끼지 말고 다시 토 선생과 함께 육지에 다녀오시오."

용왕이 토끼에게 특별히 진주 이백 개를 내주며 당부했다.

"토 선생, 비록 사소하나 과인의 정을 표하노라. 그대는 속히 돌아오라."

별주부와 토끼가 용왕에게 하직 인사하고 대궐 밖에 나오니, 모든 신하들이 다 나와 배웅해 주었다.

땅으로 돌아온 토끼

토끼가 별주부 등에 오르자, 큰 물결 치는 깊은 바다를 순식간에 건너 육지에 다다랐다.

"자, 도착했소!"

백두산 깊은 계곡 골짜기에 이르러 별주부가 토끼를 내려놓았다.

"아, 땅이다!"

토끼가 기쁨을 이기지 못하며 스스로 뿌듯하게 생각했다.

'이는 진실로 그물을 벗어난 새요, 함정에서 뛰어나온 범이로다. 만일 내 지혜가 아니었다면 어찌 고향 산천을 다시 볼 수 있었으리오?'

토끼는 감격하여 사방팔방으로 즐겁게 뛰어놀았다.

그런 속도 모르고 별주부가 토끼를 따끔하게 타일렀다.

"토 선생, 돌아갈 길이 바쁘니 속히 간을 가져오시오."

토끼가 그런 별주부를 보고 큰 소리로 깔깔 웃었다.

"이 미련한 자라야, 세상천지에 어느 짐승이 오장육부에 붙은 간을 자기 마음대로 꺼내고 넣고 하느냐? 그 말은 잠시 내 기특한 꾀로 어리석은 너희 용왕과 신하들을 속이기 위해 한 거짓말이로다. 또 용왕이 병든 것이 도대체 나와 무슨 상관이 있느냐? 네가 산속에서 한가롭게 잘 지내던 나를 속여서 네 공을 세우려 하느냐? 내가 용궁에 들어가 죽을까 봐 놀라던 일을 생각하면 네 다리뼈를 추려서 보내고 싶지만, 네가 나를 업고 깊은 물속을 왕래하던 수고와 너희 왕에게 충성을 다하려던 정성을 보아 용서하겠다. 너는 용궁에 돌아가서 용왕에게 내 말을 꼭 전해라. 다 자기 운명이 있어서 죽고 사는 것이니, 다시는 부질없이 남을 죽여서 자기가 살려는 헛되고 나쁜 생각은 하지 말라고!"

토끼가 놀라서 얼음처럼 굳어 버린 별주부에게 작별 인사를 했다.

"하하하! 자라야, 바다 나라 임금과 신하들이 모두 나의 신묘한 꾀에 속았구나! 허나 나는 죽어서 호강하는 것보다는 힘들어도 이승에서 사는 것이 좋도다. 그러니 너는 다른 데 가서 알아보아라. 그럼 이만 헤어지자. 잘 가거라!"

말을 마치자마자 토끼가 깊은 숲속으로 깡충깡충 뛰어가 금세 자취를 감추고 말았다. 별주부는 어안이 벙벙하고 머릿속이 하얗게 세어 버렸다. 충격을 받은 별주부는 어쩔 줄을 몰랐다. 어떻게든 토끼를 다시 붙잡아 데려가고 싶었지만, 바닷속 용궁이 아니라서 토끼를 제압할 힘이 없었다.

　　'아, 절망이다! 이제는 아무리 말을 잘한다 해도 다시는 토끼가 속아 넘어가지 않을 터이니……'

　　별주부가 힘없이 돌아서는 모습을 보면서, 토끼는 기쁘고 즐거워 너른 들을 마음껏 뛰어다니며 해방감을 맛보았다.

　　"어화둥둥, 살았구나! 세상천지 좋을시고! 용궁에 들어가서 호강 한번 해 보자 하였다가 죽을 뻔했구나. 내 한 꾀로 살아와서 아름다운 이 강산을 다시 보니 기쁘기 한량없다. 산중 생활이 화려하지 않아도 죽지 않고 사는 게 좋고, 산중 열매가 맛없어도 살아서 다시 먹을 수 있으니 고마워라. 얼씨구나절씨구나, 지화자 좋구나!"

　　한편, 별주부는 도저히 용궁으로 돌아갈 수가 없었다. 용왕을 다시 뵐 면목이 없었기 때문이다.

　　'아아, 내 충성과 지혜가 부족하였구나! 간사한 토끼에게 속아 결국은 내가 호언장담한 일이 물거품이 되고 말았구나! 토끼의 간을 얻지 못하고 무슨 면목으로 다시 용궁에 돌아가 용왕님과 신하들을 뵐 수 있으리오. 게다가 어머니와 아내, 가족들 볼 낯조차 없구나. 임무

를 완수하지 못하면 살아서 돌아갈 자격이 없으니, 죽음으로 사죄하는 수밖에 없다!'

별주부는 자신의 무능과 불충을 용서해 달라는 유서를 써서 바위 위에 붙여 놓았다. 그러고는 제 머리를 바위에 땅땅 부딪혀 죽고 말았다.

이때 용궁에서는 아무리 기다려도 별주부의 소식이 없자 이상하게 여겼다. 그래서 용왕은 영의정 거북을 보내 자세한 사정을 알아 오라 명하였다. 거북이 육지에 올라 자세히 살펴보니, 바위 위에 유서를 남기고 죽은 별주부의 시체가 있었다.

"으흐흑! 별주부여, 그대는 정말 충신이었소!"

거북이 불쌍히 여겨 통곡하고, 유서를 거두어 돌아와 용왕에게 보고했다.

"별주부가 스스로 목숨을 끊었다고?"

용왕은 몹시 가슴이 아팠다. 별주부를 불쌍히 여겨 성대하게 장례를 치르도록 하고, 충신 비석을 세워 주도록 명을 내렸다.

"내가 더 오래 살 욕심에 충신 별주부를 죽였으니, 모든 잘못은 내게 있소. 내 경솔한 생각 때문에 우리 용궁 전체가 토끼에게 업신여김을 당하게 하였소. 또한 충신을 죽게 만들었으니 모든 게 내 탓이오. 토끼는 토끼대로 제명대로 살 권리가 있는 법이오. 내가 내 욕심만 채우려고 토끼 목숨을 탐낸 게 잘못이오."

용왕은 진심으로 뉘우치며 슬퍼했다.

"내 병은 젊은 시절에 몸 관리를 잘하지 못하여 생긴 병이니 누구를 탓할 수 있으리오. 온전히 내 책임이니 나는 하늘의 뜻에 기꺼이 따르려 하오."

용왕이 말을 마치고 크게 한숨을 쉬면서 죽을 준비를 했다. 용왕은 세자와 삼정승을 불러 유언을 받들게 했다. 용왕이 유언을 마치고 숨을 거두니, 이때 나이 천구백 살이요, 임금 자리에 있던 기간은 천삼백 년이었다.

장례를 성대히 치른 뒤에 세자가 새 용왕으로 즉위하게 되었다. 서해, 남해, 북해 용왕들이 모두 참석하여 축하하니, 그 위엄과 화려함이 매우 웅장하였다. 그 뒤로 젊은 새 용왕이 어질고 슬기롭게 동해 바다를 다스렸다. 모든 바닷속 백성들이 편안하고 즐겁게 살았다. 그 뒷이야기는 더 이상 전해지지 않고 있다고 한다.

토끼전
부록

일러두기

원전을 기본으로 하나 어려운 한자나 이해하기 힘든 부분은 풀어서 썼습니다. 또한 미루어 짐작할 수 있는 상황은 대화나 인물의 심리 상태를 추가해 고전에 쉽게 접근하도록 했습니다.

들어가기

장면1.

남학생 : (헐레벌떡 뛰어오며) 미안, 미안!

여학생 : 너 또 약속 시간에 늦었어! 부지런한 척은 다 하는 애가 토끼처럼 낮잠 잔 거 아냐?

남학생 : 뭐, 토끼? 그 거북이랑 내기했다 진 토끼라면 나랑 엮지 마!

여학생 : 그럼 너도 나한테 거북이처럼 걸음이 느리다고 놀리지 마!

남학생 : (당황해서 머리를 긁적이며) 아무튼 난 우리나라 토끼 이야기는 다 싫어!

여학생 : 왜?

남학생 : 좋게 등장하는 토끼를 본 적이 없잖아!

여학생 : (고개를 갸우뚱하며) 과연 그럴까?

장면2.

선생님 : 애들아, 우리나라 고전에 나오는 토끼가 다 나쁘고 어리
석은 건 아니야!

여학생 : (남학생을 보며) 잘 들어 봐!

선생님 : 〈토끼전〉 읽어 봤지? 〈토끼전〉에는 거북이 대신 자라
가 나오지. 토끼는 용왕에게 붙잡혀서 죽을 뻔했을 때도
용기를 잃지 않았어. 결국 뛰어난 지혜로 목숨을 구하
지!

남학생 : 우와! 그 토끼, 짱이네요.

선생님 : 그럼, 이번 기회에 〈토끼전〉을 제대로 읽어 보렴.

장면3.

남학생 : 선생님, 제가 〈토끼전〉을 다 읽고 나서 삼행시를 지어
봤어요!

선생님 : 기특하게도 다 읽었구나!

여학생 : 어서 들려줘 봐.

남학생 : 토 : 〈토끼전〉은 별주부인 자라와 토끼가 꾀로 대결하는
이야기야.

끼 : 끼니를 걱정할 만큼 살기 어려웠던 조선 시대 백성
들이 지은 이야기지. 용궁은 조선 시대 양반 사회

를 보여 주고, 땅인 육지 세계는 평민 사회를 그렸다고 해.

전 : 전해 오는 근원 설화를 바탕으로 판소리를 거쳐서 소설로 만들어진 작품이야.

여학생 : (고개를 끄덕이며) 우와! 공부 많이 했는데!

선생님 : 훌륭하구나! 그럼 〈토끼전〉에 대해 같이 살펴보자.

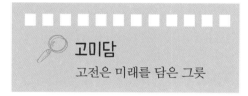

고미담

고전은 미래를 담은 그릇

고전 소설 속으로

〈토끼전〉은 조선 후기 판소리계 소설이다. 판소리계 소설이란 판소리가 소설로 만들어진 작품이란 뜻이다. 〈토끼전〉의 이본들 역시 판소리계 이본과 소설계 이본으로 나뉜다. 그러나 그 중간적 성격을 지닌 이본도 존재한다. '창본'은 관객 앞에서 실제로 공연하는 판소리를 위한 대본이므로 대체로 사설이 소설본보다 더 발랄하고 흥미롭게 짜여 있다.

〈토끼전〉은 우화 소설이기도 하다. 우화 소설이란 동식물 등을 주인공으로 하여 교훈을 전하는 소설이다. 곧 동식물의 세계를 통하여 인간 사회를 풍자하려는 의도로 만들어진 소설인 것이다. 별주부의 충성스러운 성격과 토끼의 경솔하면서도 간사한 지혜는 우리 인간 사회에게서도 흔히 찾아볼 수 있는 모습들이다.

미리미리 알아 두면 좋은 상식들

1) 〈토끼전〉의 이본에는 어떤 작품들이 있을까?

〈토끼전〉은 120가지가 넘는 이본이 전한다. 이본의 제목으로 분류할 때, 크게 다섯 갈래로 나눌 수 있다.

❶ 토끼를 앞세운 이본 : 〈토끼전〉, 〈토끼타령〉, 〈토선생전〉, 〈토처사전〉 등

❷ 별주부를 앞세운 이본 : 〈별주부전〉, 〈별주전〉 등

❸ 토끼와 별주부를 동시에 앞세운 이본 : 〈토별가〉, 〈퇴별가〉, 〈토별산수록〉, 〈별토문답〉 등

❹ 공간적 배경인 수궁을 앞세운 이본 : 〈수궁전〉, 〈경화수궁전〉, 〈수륙문답〉, 〈수궁가〉 등

❺ 기타 : 〈불로초〉, 〈중산만월전〉 등

이렇듯 별주부를 앞세운 이본보다 토끼를 앞세운 이본이 훨씬 많다. 이는 당시 독자들이 별주부보다는 토끼를 주인공으로 여겼음을 말해 준다.

2) 〈토끼전〉의 근원 설화는?

〈토끼전〉의 근원 설화는 인도의 불경 설화의 하나인 〈본생설화〉에서 찾을 수 있다. 〈본생설화〉가 중국으로 전래되었다가 그것이 우리나라에 들어와 김부식이 12세기에 펴낸 《삼국사기》의 〈구토설화〉로 기록되었다.

〈구토설화〉는 고구려로 병력을 요청하기 위해 떠난 김춘추가 고구려 옥중에 포로로 잡힌 대목에서 등장한다. 고구려의 신하인 선도해가 김춘추에게 탈출할 꾀를 암시하기 위해 들려준 설화다. 김춘추가 용궁에 잡혀 온 토끼와 같은 처지이니 지혜롭게 행동하라고 충고한 것이다.

〈구토설화〉는 이후 조선 후기의 판소리 〈수궁가〉로 만들어졌으며, 아울러 고소설 〈토끼전〉으로 발전한다. 이렇듯 〈토끼전〉은 외국에서 들어온 설화가 국내의 정치 현실과 조화를 이루어 풍자 소설로 발전되었다는 점에서 큰 의미가 있다.

담고 싶은 이야기

대표적인 지략담 〈토끼전〉

'지략'이란, 문제를 명철하게 분석하여 뛰어난 해결책을 세우는 지혜를 뜻한다. 그리고 '지략담'은 주인공이 꾀를 내어 남을 속이거나 남에게 속는 것에 대한 이야기다.

〈토끼전〉은 용궁과 육지라는 두 공간을 무대로 펼쳐지는 별주부와 토끼의 지략을 겨루는 대결이다. 지략을 주요 소재로 삼는 이야기를 '지략담'이라 하는데, 〈토끼전〉 역시 대표적인 지략담이다. 〈토끼전〉에서 별주부와 토끼는 서로 지략을 겨루기도 하고, 또 각기 다른 인물을 상대로 지략을 써서 위기를 벗어나기도 한다.

별주부에게 속아 넘어가 용궁에 끌려간 토끼는 지략에 패배한 셈이다. 하지만 용왕을 속이고 돌아옴으로써 결국 최종 승자가 된다.

〈토끼전〉은 지략담의 특징을 잘 보여 주는 구성으로, 슬기로운 자만이 살아남는다는 교훈을 담고 있다.

고미답
고전은 미래의 답이다

고민해 볼까?

〈토끼전〉의 주제는 무엇일까?

〈토끼전〉은 이본이 다양한 만큼 다뤄진 주제도 다채롭다. 별주부의 충정을 바라보는 시각에 따라 주제는 크게 두 갈래로 나뉜다.

별주부의 충정을 긍정적으로 보는 경우에는 용왕도 긍정적으로 그려진다. 반면에 별주부의 충정에 대한 야유와 풍자가 주제인 경우에는 용왕도 웃음거리로 그려진다. 반대로 토끼는 용왕과 별주부를 골려 먹은 승리자로 높여진다. 판소리 창본 가운데는 이 두 가지 주제가 적당히 혼합된 양면적인 내용을 담은 작품도 존재한다.

별주부의 충성심을 높이 산 이본의 경우 중세적 유교 질서를 긍정했다고 평가되기도 하는데, 이야기의 발단인 용왕의 병은 당시 지배층인 양반 계층이 썩었다는 사실을 풍자한 것이고, 또한 용왕이 자기 병을 고치기 위해 죄 없는 토끼의 간을 구하려 한다는 내용을 보면 〈토끼전〉은 별주부의 충성심에 대한 가치 평가와 함께 사회 비판이라는 주제도 아울러 담고 있다는 것을 알 수 있다.

〈토끼전〉은 판본에 따라 병든 용왕이 관음보살에게 선약을 얻거나 토끼 똥이나 암자라, 복어 가루를 먹고 살아나기도 한다. 또한 병을 치료하지 못하고 끝내 죽기도 하는데, 이 경우 대개 용왕은 스스로의 잘못을 깨닫고 죽어 가는 것으로 그려진다. 백성들에게 일방적인 희생을 강요하는 지배층의 탐욕을 용왕의 욕심으로 표현해 조롱한 것으로 보는 학자들도 있다.

〈토끼전〉은 무능한 지배층을 향한 불만이 넘치던 조선 시대에 등장한 작품이다. 당시 백성들이 폭력적인 방식이 아닌 설화나 판소리라는 간접적이고 문화적인 방식으로 불만을 표출했다는 점이 참으로 의미심장하다.

1. 용왕이 자신의 병을 고치기 위해 토끼를 죽이려고 한 것은 옳은 일인가?

2. 별주부인 자라는 토끼를 유혹하기 위해 '땅에서 사는 여덟 가지 어려움'을 늘어놓는다. 만약 반대로 토끼가 별주부를 유혹한다면 '바다에서 사는 여덟 가지 어려움'에는 무엇이 있을까?

3. 토끼와 별주부를 바라보는 시각은 참으로 다양해서 수많은 이본이 나왔다. 토끼와 별주부 중에서 누구의 편을 들어 주고 싶은가?

답을 찾아 한 걸음씩 나아가기

〈토끼전〉의 결말이 다양하게 나타나는 이유는 인물과 사건을 바라보는 시각이 다르기 때문이다. 나는 어떤 결말이 마음에 드는지 생각해 보자.

토론하기

진정한 지혜는 무엇일까?

1. 내가 작가라면 병든 용왕을 살릴 것인가, 죽일 것인가?

2. 용왕은 바다 나라와 백성들을 위한다는 명분으로 토끼의 죽음이 정당하다고 여겼다. 만약 내가 용왕이었다면 어떤 결정을 할까?

3. 너구리는 토끼에게 충고해 주는 진정한 친구의 모습을 대변하고 있다. 만약 내가 나쁜 계략에 빠진 친구를 만난다면 어떻게 해야 할까?

4. 내가 만약 별주부라면 토끼와 다시 육지에 다녀오라는 용왕의 명령을 순순히 따를 것인가?

심청전

심 봉사와 곽 씨 부인

　옛날 옛적, 중국 송나라의 황주 도화 땅에 가난한 맹인 한 명이 살고 있었다. 그의 이름은 심학규였는데, 대대로 벼슬을 지내 온 이름 있는 집안에서 태어났다. 그러나 무슨 일인지 가세가 기울기 시작하고, 그의 나이 스물부터 눈이 차차 어두워지더니 아예 멀게 된 것이었다. 이로 인해 벼슬길에 나가기 힘들어지자 살림살이는 더욱 어려워질 수밖에 없었다. 도와주는 친척도 없는 그를 사람들은 '심 봉사'라 불렀다. 심 봉사는 어떤 행동에도 거짓이 없고 올곧았으며 경솔하지 않았다. 그는 지조와 기개가 있었다. 마을 사람들도 그의 인성을 칭찬해 마지않았다.

　그런 심 봉사에게는 아름다운 부인이 있었다. 부인은 곽 씨 집안 사람으로, 모두들 그녀를 곽 씨 부인이라고 불렀다. 곽 씨 부인은 책을 좋아했다. 품성이 따뜻하여 마을 사람과도 곧잘 어울렸다. 그러나 집안이 가난한 탓에 곽 씨 부인은 밤낮으로 일만 했다. 일도 열심히 하고 어렵게 모은 돈을 허투루 쓰지 않고 제사를 지내며 남편을 공경하니, 마을 사람들은 입을 모두 곽 씨 부인을 칭찬했다.

　부부는 서로 의지하며 가난하지만 행복하게 살고 있었다. 그런 부부에게 걱정거리가 하나 있었다. 그것은 바로 자식이었다. 마흔이 넘도록 아이가 생기지 않은 까닭이었다.

"여보, 나는 당신과 사는 것이 정말 행복하고 좋소. 당신이 매일 고생하는 것이 그저 미안하고 안쓰러울 뿐이오."

"별말씀을 다 하세요."

"그런데…… 그간 당신에게 너무 염치없어 말하지 못했으나 걱정이 하나 있소."

"주저 말고 이야기해 보세요."

"아직까지 자식이 없으니, 앞으로 제사는 어떻게 지내며 우리가 죽고 나면 누가 물이라도 한 그릇 떠다가 차려 주겠소? 당신에게 미안하지만 조상님을 생각하면 밤에 잠이 안 오는구려. 어떻게 하면 좋겠소?"

심 봉사가 조심스레 묻자, 곽 씨가 환한 표정으로 대답했다.

"서방님께 말씀드리지는 않았습니다만, 저 역시 자식이 하나 있었으면 하고 얼마나 바랐는지 몰라요. 우리 부부의 뜻이 맞으니 당장 지성으로 빌어 보겠어요."

부부는 그날 당장 힘들게 품 팔아 모은 재산으로 정성 들여 치성을 올렸다. 이에 하늘도 감동한 탓일까? 사월 초파일에 곽 씨는 심상치 않은 꿈을 꾸었다.

사방이 온통 무지갯빛 구름으로 가득한 가운데 한 선녀가 하늘에서 학을 타고 나타났다. 머리에는 화관을 썼고, 노을로 된 옷을 입고 손에는 계수나무 가지를 들고 있었다. 선녀는 곽 씨 부인 앞으로 오더니 절을 했다.

"저는 선녀의 딸입니다. 그러나 옥황상제에게 지은 잘못으로 죄를 받아 인간 세상으로 쫓겨났습니다. 갈 곳 없는 저를 석가모니께서 부인 댁으로 가라 이르시어 이렇게 오게 되었습니다. 부디 어여삐 봐주셔요."

말을 마친 선녀는 곽 씨 품으로 와락 달려들었다. 깜짝 놀란 곽 씨 부인은 그만 잠에서 깨고 말았다. 곽 씨 부인은 얼떨떨한 표정으로 심 봉사를 보았는데 마침 심 봉사도 잠이 깬 모양이었다.

"여보, 선녀가 제게 안기는 꿈을 꾸었어요."

곽 씨가 말했다.

"혹시 석가모니가 부인께 가라 일렀다고 했소?"

"아니, 그걸 어찌 아셨어요?"

"우리 두 사람이 같은 꿈을 꾼 모양이오."

"어머, 그렇다면 혹 태몽이 아닐까요?"

얼마 지나지 않아 곽 씨는 태기를 느꼈다. 부부는 태어날 아이가 행여 잘못되지는 않을까 몸과 마음을 조심히 하며 행복한 나날을 보냈다. 어느덧 시간은 흘러 출산 날이 되었다.

"아이고, 배야! 아이고!"

"여보, 많이 아프오? 이를 어쩌면 좋소."

곽 씨는 고통에 허덕이며 괴로워했다. 심 봉사는 발만 동동 구르며 어찌해야 할 바를 몰랐다. 돈이 없으니 의원을 찾아가 약을 쓸 수도 없었다. 심 봉사는 짚 한 줌 깔고, 소반을 놓았다. 그리고 그 위에 물 한 사발을 올려놓았다. 심 봉사는 그 앞에 단정히 무릎을 꿇고 정성을 다해 기도를 올렸다.

"비나이다, 비나이다. 삼신께 비나이다. 우리 부인이 순산할 수 있도록 도와주십시오. 늘그막에 얻은 귀한 아이입니다. 비나이다, 비나이다."

그러자 방 안에서는 꿈에서 보았던 무지갯빛 구름이 피어났고, 온통 향내로 진동했다. 이윽고 아이 우는 소리가 들려왔다. 심 봉사는 더듬거리는 손으로 탯줄을 끊고 아이를 안았다. 심 봉사는 기뻐 어쩔 줄을 몰랐다.

"여보, 아들이에요, 딸이에요?"

"딸이오, 귀하고 어여쁜 딸이오."

심 봉사는 밥을 지어 더운 국밥을 부인에게 먹인 후 우는 아이를 얼렀다.

금은보화보다 더 귀한 내 딸이야.

숙향이 살아 왔나

직녀성이 내려 왔나

어화둥둥 내 딸이야.

그러나 행복도 오래가지 못했다. 곽 씨 부인이 몸져누운 것이다. 그도 그럴 것이 온갖 일을 혼자 도맡아 한 데다, 당장의 끼니 걱정으로 몸조리를 제대로 못한 탓이었다. 심 봉사는 얼마 없는 살림을 모두 털어 의원을 찾아갔다. 의원은 진맥을 하고 약을 쓰게 했으나 별 차도가 없었다. 곽 씨는 며칠 사이 앙상하게 말라 버린 손으로 심 봉사의 손을 어루만졌다.

"여보, 당신과 백년해로를 약속했는데 지키지 못할 것 같아요."

"어찌 그런 말을 하시오? 어떻게든 당신 병을 낫게 할 테니 걱정 마시오."

"어찌 당신을 두고 눈을 감을까요. 내가 죽으면 눈 어두운 당신이 밥은 어찌 먹고 철마다 옷은 누가 해 입힐까요. 당신이 보이지 않는 눈으로 한 손에는 지팡이, 한 손에는 바가지를 들고 동냥 다닐 생각을 하면 가슴이 미어집니다. 저 어린 젖먹이는 또 어찌한단 말입니까. 이 아이는 전생에 무슨 죄를 지었기에 어미젖도 못 먹고 커야 하는지 생각할수록 가슴이 아픕니다. 먼 황천길을 당신과 아이를 두고 어찌 갈지 막막하기만 합니다."

곽 씨는 슬퍼하는 심 봉사의 얼굴을 보자 목이 메였다.

"여보, 그러나 괜찮아요. 다음 생에라도 다시 만나 이별 없이 행복하게 살아요. 우리 아이 이름은 심청이라고 지어 주세요. 부디 우리 심청이 어여삐 잘 길러 주세요. 내가 끼던 옥가락지를 심청이에게 내 주세요.”

말을 마친 곽 씨가 눈을 감았다. 그러자 감은 눈에서 마지막 눈물이 흘러내렸다. 심 봉사는 잡고 있던 곽 씨의 손에 힘이 빠지자 얼굴을 어루만졌다.

“여보, 왜 눈을 감고 있는가? 눈을 떠 보시오. 여보!”

그러나 감은 곽 씨의 눈은 다시 뜨일 줄 몰랐다. 곽 씨의 얼굴을 어루만지던 심 봉사는 그제야 곽 씨가 숨을 거둔 것을 깨달았다. 심 봉사는 하늘이 무너지는 듯한 괴로움에 울부짖었다. 그 울음소리가 어찌나 절절한지 도화동 사람들이 모두 모여들었다. 마을 사람들은 곽 씨 부인이 세상을 떠났다는 사실을 알고 한마음으로 슬퍼했다.

“아이고, 마음 아파서 어쩔거나. 그 착하고 곱던 사람이 고생만 하다가 죽고 말았네. 우리가 심 봉사를 도와 장례를 치러 주는 건 어떻겠나?”

마을 사람들은 뜻을 모아 곽 씨 부인의 장례를 치러 주었다. 심 봉사는 장례를 마치고 집으로 돌아왔다. 집 안은 온통 텅 비어 있었다. 황량하기 짝이 없는 빈 집에서 슬픔에 가득 찬 심 봉사는 홀로 앉아 있었다. 그때 장례 치르는 동안 심청이를 돌봐 주었던 이웃 아낙이 심청이를 심 봉사에게 안겨 주었다.

"산 사람은 살아야 하지 않겠소? 그만 기운 차리시오. 저 젖먹이를 어찌할꼬."

아낙은 혀를 차며 떠났다. 심 봉사는 칭얼거리는 심청이를 안은 채 종일 슬퍼했다.

다음 날, 심 봉사는 심청이를 업고 한 손에는 지팡이를 쥔 채 집을 나섰다. 이제 슬퍼하고만 있을 겨를이 없었다. 당장 심청이에게 먹일 젖이 필요했다.

"청아, 조금만 참거라. 곧 젖을 먹여 줄 테니."

심 봉사는 아이가 있는 집을 물어물어 젖동냥을 다니기 시작했다. 마을 사람들도 심 봉사의 처지를 아는 터라 흔쾌히 청이에게 젖을 물려 주었다. 뿐만 아니라 따뜻한 밥을 얻을 때도 있었고, 쌀을 받을 때도 있었다. 장날에는 가게마다 다니며 조금씩 얻었다. 모은 것으로 청이의 간식도 사 먹이고 간소하지만 제사도 빠짐없이 지냈다. 심 봉사는 그렇게 정성으로 심청이를 키웠다.

효녀 심청

세월은 흘러 어느덧 심청은 열 살이 되었다. 심청이는 효심이 지극한 데다 착했고, 성정이 올곧은 데다 얼굴도 예뻤다. 심청은 아침저

녁으로 아버지 식사는 물론이거니와 어머니의 제사까지 야무지게 해 내었다. 마을 사람들은 효녀라며 입에 침이 마르도록 칭찬을 했다. 그러나 흘러가는 세월만큼 심 봉사도 늙어 갔다. 몸이 약해진 탓에 병까지 들었다. 그러자 심청이 심 봉사에게 말했다.

"아버지, 이제 저도 다 컸으니 아버지는 집에서 쉬셔요."

심청이의 말에 심 봉사는 어리둥절했다.

"한낱 미물인 까마귀도 제 어미를 먹이려고 먹이를 구한다는데, 하물며 사람인 제가 까마귀보다 못하다니 말이 되나요? 아버지는 그간 너무 고생하셨으니 편히 집에서 쉬셔요."

심 봉사는 그 말이 어여쁘고 기특하였다.

"아직 어린 줄만 알았던 네가 어느 틈에 이리 컸을꼬. 아비를 위해 그리 기특한 생각을 다 하는구나. 그러나 심청아, 내가 어찌 어린 너를 혼자 보내고 밥을 받아먹을 수 있겠니. 아비는 괜찮으니 그런 말은 하지 말거라."

그러자 심청이 간곡한 목소리로 말했다.

"하지만 아버지, 몸도 불편하시고 건강도 안 좋으시잖아요. 전 아버지의 보살핌 덕분에 이렇게 건강한걸요. 중국 춘추 시대(기원전 770년부터 기원전 403년까지 약 360년간의 전란 시대)에 살던 선비 자로는 백 리 길에 쌀을 져다가 부모를 봉양했습니다. 자식이 부모를 봉양하고 효를 다하는 것은 사람의 도리이고 세상의 이치입니다. 제가 백 리 길을 다니지는 못하지만, 아버지를 위해 대신 나가는 걸 허락해 주셔요. 날이라도 따뜻하면 괜찮지만, 이리도 추운 날 행여 아버지가 나가셨다가 건강이 더 악화되면 저는 어떻게 합니까? 아버지를 염려하는 심청이의 마음을 헤아려 주세요. 저는 세상천지에 아버지뿐이어요."

심 봉사는 아무 말도 할 수 없었다.

다음 날부터 심청은 밥을 얻으러 돌아다녔다. 심청이는 바느질과 길쌈으로 삯을 받기도 했다. 천성 곱고 바느질 솜씨가 좋아 찾는 이들이 많았다. 이렇듯 심청은 지극정성으로 심 봉사를 모셨다.

어느덧 시간은 흘러 심청이의 나이 열다섯이 되었다. 얼굴은 더욱 어여뻐졌으며, 행동에는 예절과 기품이 넘쳤다. 효행은 물론이며 비범하고 침착한 성격까지 더해져 심청을 모르는 이가 없을 정도로 소문이 자자했다.

그 소문은 무릉촌 장 승상 부인에게까지 흘러 들어갔다. 승상 부인은 심청에게 몸종을 보냈다.

"저는 무릉촌 장 승상 부인을 모시고 있는 시녀이온데, 부인께서 아가씨 소문을 듣고 꼭 만나고 싶어 하십니다. 그래서 제가 아가씨를 모시러 왔습니다."

"심청아, 다녀오너라. 몸가짐을 바로 해야 한다. 많이 가르치지 못하여 혹여 예의범절에 어긋날까 걱정이로구나."

심 봉사가 말했다.

"걱정 마셔요, 아버지. 다녀오겠습니다."

심청은 몸종을 따라 장 승상 댁으로 향했다. 대문을 들어서니, 과연 한 나라의 재상에게 걸맞는 웅장한 집이었다. 왼쪽에는 벽오동나무가, 오른쪽에는 늙은 소나무가 버티고 있었다. 중문을 넘어서자 곳곳에 심은 화초와 연못 위에 떠 있는 연잎, 그 사이를 헤엄치는 금붕어가 아름답게 조화를 이루고 있었다. 그 가운데 머리가 센 여인이 심청을 맞이하였다. 여인은 나이가 들었으나 옷매무새도 단정하고 살결도 밝았다.

"먼 길 오느라 고생이 많았다. 네가 심청이로구나. 이리 오너라."

부인은 심청에게 말했다. 부인은 심청을 자리에 앉히며 찬찬히 뜯어보았다. 심청은 소문대로 뛰어난 미인이었다. 얌전히 자리에 앉는 행동거지나 그 자태도 빼어났다.

"이리 너를 부른 것은 너를 내 수양딸로 삼고자 해서다. 승상은 이미 세상을 떠나시고 아들 삼 형제는 모두 객지에서 벼슬살이 중이구나. 다른 자식이 있는 것도 아니요, 손자가 있는 것도 아니니, 내 어찌 적적하지 않겠느냐. 말벗 없이 이 적적한 방에서 책과 촛불을 친구삼아 지내고 있구나. 듣자 하니 양반의 후예이나 이렇게 어렵게 지내는 너를 보니 마음이 아프구나. 내 수양딸이 되기만 하면 살림은 물론이거니와 원한다면 글공부도 가르칠 의향이 있다. 네 뜻은 어떠하냐?"

"타고난 팔자가 기구하여 태어난 지 이레 만에 어머니를 여의었어요. 눈이 어두운 아버지는 저를 젖동냥하여 힘들게 키우셨고요. 부인의 말씀은 감사합니다만, 어찌 영화를 누리고자 눈이 먼 아버지를 홀로 두겠나이까. 매 끼니는 어떻게 챙겨 드리며, 철마다 옷은 누가 해 드리겠습니까. 자식 된 도리로 부모 공양이 중하니, 부인께서는 제가 자식의 도리를 다할 수 있도록 도와주십시오."

심청이의 눈에 눈물이 맺혔다. 그 모습이 가련하여 부인은 심청의 손을 어루만지며 달래었다.

"내가 괜한 말을 했구나. 그래, 네가 옳다. 당연히 그래야 하는 것을."

두 사람이 이런저런 이야기를 나누다 보니 어느덧 날이 저물었다. 심청은 이만 일어나려 했다.

"심청아, 나와 부디 모녀간의 의를 두고 잊지 말거라."

부인은 아쉬운 마음을 뒤로한 채 옷감이며 양식 등을 챙겨 시녀와 함께 보냈다.

"부인의 고마운 말씀 따르도록 하겠습니다."

심청은 부인에게 절하며 예를 갖추었다. 집에서 기다릴 아버지를 걱정하며 서둘러 발걸음을 옮겼다.

한편 심 봉사는 홀로 외출한 딸을 기다리고 있었다. 멀리 절에서 저녁을 알리는 북소리가 들려왔다. 그러나 아무리 기다려도 심청이는 돌아올 생각을 하지 않았다.

바스락거리는 낙엽 소리만 들려도, 멀리서 짖는 개 소리만 들려도 심 봉사는 딸인가 싶어 귀를 쫑긋 세웠다.

"이리 늦은 시간까지 안 온 적이 없는 아이인데……. 무슨 일이라도 생긴 건가?"

심 봉사는 가만히 앉아서 기다릴 수 없었다. 주섬주섬 지팡이를 챙겨서 사립 밖으로 나섰다. 매섭고 차가운 바람이 늙고 병든 심 봉사에게 달려들었다. 추위로 턱 끝이 딱딱 부딪혔고, 온몸은 사시나무 떨 듯이 떨렸다. 한 발자국, 한 발자국 위태위태하게 걸음을 옮겼다. 그러던 중 심 봉사는 결국 돌부리에 발을 부딪혀 넘어지고 말았다. 하필 넘어진 곳이 개천이었다.

"아이고, 사람 죽네! 거기 누구 없소? 사람 살리시오!"

얼굴은 온통 진흙투성이에, 온몸은 찬물에 젖었다. 가뜩이나 추워서 떨던 심 봉사는 얼음장보다 더 차가운 개울물에 놀라 버둥거렸다. 그러나 앞이 보이지 않으니 제대로 몸을 가눌 수가 없었다. 벗어나고자 할수록 계속 미끄러질 뿐이었다.

'날은 저물어 인적은 끊겼으니 이러다가는 꼼짝없이 죽겠구나.'

심 봉사는 덜컥 겁이 났다.

"거기 누구 없소? 사람 살리란 말이오! 이보시오!"

마침 몽운사의 화주승(사람들에게 시주를 받아 절의 양식을 대는 승려)이 그곳을 지나고 있었다. 새로 절을 짓기 위해 시주를 청하고 돌아오는 길이었다. 어디선가 들리는 절박한 외침에 화주승은 황급히 소리가 나는 곳으로 가 보았다. 한 노인이 개천에 빠진 채 허우적거리고 있었다. 화주승은 입고 있던 옷을 벗어 던지고 물에 빠진 이를 건져 내었다. 자세히 보니 아는 얼굴이었다. 바로 심 봉사였다.

　"고맙습니다. 하마터면 죽을 뻔했습니다. 고마우신 분은 뉘신지요?"

　심 봉사가 겨우 정신이 드는지 한참 만에 입을 열었다.

　"몽운사 화주승이오."

　심 봉사는 엎드려 절을 했다.

　"정말 감사합니다. 목숨을 살려 주셨으니, 이 은혜를 절대 잊지 않겠습니다."

　화주승은 심 봉사를 들쳐 업고 집으로 데려다주었다. 그를 방에 앉히고는 물에 빠진 까닭을 물었다. 심 봉사는 신세한탄을 하면서 이야기했다. 화주승은 안타까워하며 말했다.

　"거참 딱하게 됐소. 봉사가 눈을 뜰 수 있는 방법을 알긴 하는데…… 아니오. 못 들은 것으로 하시오. 댁 형편 어려운 것이야 이 동네 사람은 모두 다 알 터. 어차피 안 될 걸 공연히 바람만 넣을 순 없지 않겠소? 나는 이만 일어나겠소. 고뿔이라도 걸리면 심청이가 걱정

할 터이니 조심하시오.”

눈을 뜰 수 있다는 말에 몸이 달은 심 봉사는 화주승의 옷자락을 잡아챘다.

“자, 잠깐만! 그게 무슨 말이오? 눈을 뜰 수 있는 방법이 있다니? 자세히 좀 이야기해 보시오.”

“아니오. 내가 실언을 했소. 못 들은 걸로 치시오.”

“아니, 지금 나를 괄시하는 것이오? 글쎄, 말해 보래도!”

화주승은 못 이기는 척 입을 열었다.

“다름이 아니라 공양미 삼백 석을 부처님께 올리고 열심히 불공을 드리면 된다 이 말씀이오.”

“사, 삼백 석?”

심 봉사가 당황한 표정으로 말했다. 화주승은 그럼 그렇지 하며 자리에서 일어섰다.

“그거 보시오. 내가 이 댁 형편으론 어림도 없을 거라 하지 않았소? 삼백 석이 무슨 말이오, 서 말도 어려운 걸 뻔히 아는데. 날이 어두워졌으니 이만 일어나겠소.”

“내겠소!”

그 말에 발끈한 심 봉사는 저도 모르게 소리치고 말았다.

“무어라 했소?”

심 봉사의 말에 당황한 화주승이 되물었다.

"삼백 석 내겠다고 했소. 어서 시주 책을 꺼내 적으란 말이오. 심학규, 삼백 석!"

그러자 화주승은 바랑에서 시주 책을 꺼내 적었다.

'심학규, 삼백 석.'

이름을 적은 화주승은 심 봉사에게 인사를 하고 집을 떠났다.

아버지가 눈을 뜰 수만 있다면

"어쩌자고 그런 약속을……. 내 팔자는 어찌 이럴까. 하나뿐인 고운 부인을 갖은 고생시켜 저승에 보내 놓고, 하나뿐인 딸은 온 동네로 품을 팔고 밥을 빌게 만들어 놓더니, 이제는 그것도 모자라서 공양미 삼백 석을 시주한다 했으니! 이 노릇을 어찌할꼬. 대체 어디서 구한 단 말이냐! 아이고, 아이고!"

심 봉사는 자신이 저지른 일이 어처구니없고 한심했다. 도저히 쌀 삼백 석을 구할 방법이 떠오르지 않자 답답한 마음에 눈물이 터져 나왔다.

때마침 집에 도착한 심청은 방에서 들려오는 울음소리에 놀라 방문을 열어젖혔다. 방 안에는 망연자실한 표정의 심 봉사가 온몸이 흙으로 범벅이 되고, 물에 빠진 쥐 모양으로 앉아 있는 것이었다.

"아버지, 왜 그리 울고 계세요? 온통 흙투성이에 옷은 다 젖으시고, 무슨 일이세요? 혹 절 찾으러 나오셨다가 봉변을 당하신 거예요? 승상 댁 부인과 담소를 나누느라 이렇게 늦었어요."

심청은 승상 댁 시비에게 부엌에 불을 지펴 달라 일렀다.

"일단 이 옷으로 먼저 갈아입으세요. 진짓상 봐 올게요."

심청은 서둘러 밥상을 차려 방으로 가져왔다.

"추우실 터이니 더운 국물부터 뜨세요."

그러나 심 봉사는 밥이 넘어가지 않았다.

"왜 그러셔요? 제가 늦게 와서 화나신 거예요?"

"아니다, 그런 게 아니야."

"그럼 대체 무슨 일이세요?"

심 봉사의 말투에서 심상치 않은 기운을 느낀 심청이 차분하게 물었다. 심 봉사는 차마 입이 떨어지지 않아 한참을 한숨만 푹푹 내쉬었다.

"말씀해 보셔요. 이리 근심 가득한 얼굴로 계시면 제 마음이 편치 않아요."

그 말에 심 봉사는 자초지종을 설명했다.

"내가 못난 탓이야. 홧김에 화주승에 그 말만 안 했어도……. 대체 무슨 수로 공양미 삼백 석을 낸단 말이야. 심청아, 난 이제 어쩌면 좋으냐. 응?"

“아버지, 걱정은 접어 두시고 우선 진지부터 맛있게 드셔요. 아버지가 눈을 뜨실 수 있다는데 쌀 삼백 석이 문제겠어요?”

심청이는 심 봉사에게 큰소리를 떵떵 쳤다. 그렇지만 걱정이 되는 것은 심청이도 마찬가지였다. 심청이는 그날부터 집 뒤뜰에 정화수 한 그릇을 떠 놓고는 북쪽을 향해 간절히 기도하기 시작했다.

“비나이다, 비나이다. 천지신명께 비나이다. 부디 아버지가 세상의 빛을 볼 수 있도록 두 눈을 밝혀 주소서.”

그로부터 며칠 뒤, 이웃에 사는 귀덕 어미가 찾아와 이상한 말을 했다. 열다섯 살 난 처녀를 찾는 사람들이 있다는 것이다.

“대체 무슨 말이에요? 왜 찾는 거랍니까?”

“배로 남경을 오가며 장사를 하는 무리라더구나. 인당수라는 바다를 지나야 하는데, 인당수는 바람과 파도가 아주 거세어 자칫하면 죽을 수도 있다는 거야. 그 장사치들 말이 용왕님께 젊은 처녀를 제물로 바쳐야지만 바다가 잔잔해져서 건널 수 있다고 하더구나. 부르는 값은 다 준다면서 젊은 처녀를 찾고 있는 모양이야.”

그 말에 심청이 솔깃하여 뱃사람들을 찾아갔다.

“처녀를 산다는 말을 듣고 찾아왔어요.”

“잘 찾아오셨구려. 값은 개의치 않소.”

뱃사람 중 한 명이 대답했다.

“전 쌀 삼백 석이 필요합니다. 삼백 석을 주실 수 있다 하시면……”

"삼백 석이야 가능하오. 그런데 혹 실례가 안 된다면 그 이유를 물어도 되겠소?"

"저에게는 앞을 못 보시는 아버지가 계십니다. 몽운사 스님이 말씀하시길 공양미 삼백 석을 부처님께 바치고 빌면 눈을 뜰 수 있다고 하더이다. 승선일 전까지 제가 배를 탄다는 비밀만 지켜 주시면 그 일 제가 하고 싶습니다."

심청의 효성에 놀란 뱃사람들은 모두 안타까워했다.

"아가씨의 사정을 들으니 마음이 아프오. 우리도 처녀를 제물로 바치는 것이 탐탁지 않으나 어쩔 수 없는 노릇 아니겠소. 원하는 것이 삼백 석이면 바로 준비해 드리리다. 오는 삼월 보름날에 떠날 것이오. 아가씨와의 약속은 꼭 지키도록 하겠소."

뱃사람들은 두말없이 쌀 삼백 석을 몽운사로 날라 주었다. 죽을 일은 아직 먼 일이라, 당장 공양미 삼백 석을 마련했다는 생각에 심청은 가벼운 마음으로 아버지에게 이 소식을 전했다.

"아버지! 이제 걱정하지 않으셔도 돼요."

"그게 무슨 소리냐?"

어리둥절한 표정으로 심 봉사가 말했다.

"공양미 삼백 석을 제가 구했단 말이어요."

"네가? 아니 무슨 수로?"

"승상 댁 부인에게 자초지종을 말씀드렸더니 흔쾌히 내주시기로 하셨어요. 대신 저는 그 댁 수양딸로 가기로 했어요."

심 봉사는 심청이와 떨어져 살 것이 슬프기는 하였으나 여러모로 딸에게는 잘된 일이라 여겼다.

"그래, 언제 떠나는 것이냐?"

"다음 달 십오 일이어요."

심청은 앞으로 혼자 지낼 심 봉사를 위해 할 일은 많았으나, 밥이 도통 넘어가질 않고 잠도 오질 않았다. 그렇게 피가 마르도록 바쁘고 괴로운 나날을 보냈다. 그리고 어느덧, 배 떠나는 날이 되었다. 심청이는 마지막으로 심 봉사에게 따뜻한 진지를 지어 올리러 방문을 나섰다. 방문 밖에는 벌써 뱃사람들과 심청이 뱃사람들에게 팔린다는 소문을 들은 마을 사람들이 와 있었다.

"아가씨, 승선일이오."

뱃사람 중 한 명이 말했다.

"아버지께 마지막으로 진지 지어 올리고 갈 수 있게 해 주셔요."

심청이는 부들거리는 손발을 겨우겨우 지탱하며 눈물 섞인 밥을 지어 상을 차렸다. 심 봉사 앞에 상을 차리고 반찬을 숟가락 위에 올리고, 김쌈도 싸서 입에 넣어 주었다.

"아버지, 맛나게 드셔요."

"그래. 오늘따라 더욱 찬이 좋구나. 이웃에 제사가 있는 모양이구나."

그 말에 심청이는 터져 나오는 눈물을 손으로 틀어막았다. 심청이 아무 대답이 없자 심 봉사는 간밤의 꿈 이야기를 시작했다.

"간밤에 네가 수레를 타고 어딘가를 한없이 가는 꿈을 꾸었다. 원래 수레는 귀한 사람이 타는 것 아니냐."

"제가 승상 댁에 가려는 꿈인가 봅니다."

심청은 자기가 죽을 꿈이라 생각하고 둘러댔다. 심청은 밥상을 치우고 심 봉사 앞에 앉았다.

"아버지, 밖에 저를 데리러 사람들이 와 있으니 이제 가 보겠어요. 저 없어도 부디 끼니 거르지 마셔요."

심청이가 눈물을 삼키며 말했다.

"심청아, 좋은 날 그리 울면 어쩌누. 내 걱정은 말고 가서 따뜻한 밥에 좋은 옷 걸치고 겨울에는 추위 걱정 없이 잘 살거라."

심청이는 차마 대답을 못하고 집을 빠져나왔다. 그러고는 뱃사람들을 향해서 말했다.

"채비가 끝났으니 가시지요."

심청이가 뱃사람들과 함께 사립을 빠져나가려 할 때였다.

"심청아! 잠깐만! 아가!"

방문을 박차고 심 봉사가 맨발로 뛰쳐나왔다.

"하마터면 까먹을 뻔했다. 이거 받아라."

심청이 가까이 다가가 심 봉사가 내민 것을 받아 들었다. 그것은

옥가락지였다.

"네 어미가 떠날 때, 너에게 주라고 이른 것이다."

심청이는 옥가락지를 받고 심 봉사를 껴안았다. 심 봉사는 웃으며 심청이의 등을 토닥거렸다. 마을 사람들은 그 모습을 보고 조용히 눈물을 흘렸다.

"아이구, 저런 예쁜 딸을 물고기 밥으로 던져 주게 생겼으니 가슴 아파서 어째."

마을 사람 중 한 명이 옷고름으로 눈물을 훔치며 말했다.

그 소리를 들은 심 봉사가 놀라서 물었다.

"그, 그게 무슨 소리요? 방금 무어라 했소?"

"모르고 있었소? 심청이 지금 뱃사람들에게 팔려 가는 거잖소."

심 봉사는 그 말에 머리가 핑 하며 돌더니 다리에 힘이 풀렸다. 심 봉사는 허공을 향해 팔을 허우적거리며 심청이를 찾았다.

"심청아, 어디 갔니? 이게 무슨 말이냐, 심청아! 네가 물고기 밥으로 팔려 간다니? 이놈들아! 네놈들이 그러고도 사람이더냐! 어디 살게 없어서 사람의 목숨을 사 간단 말이냐! 귀하디 귀한 우리 딸, 내가 어찌 키웠는데! 하늘도 무심하시지, 아내를 데려간 것도 모자라 이제는 딸마저 데려간단 말이오! 눈 뜨는 것 따위 싫다. 그냥 너만 있으면 된다. 이보게들, 나 좀 도와주시오. 내 딸 좀 살려 주시오. 아이고, 심청아, 심청아! 못 간다. 못 보낸다! 차라리 나를 데려가시오. 생때같은 우리 딸, 앞날이 창창한 우리 딸 대신 늙고 병들어 앞도 보이지 않는 나를 데려가란 말이오.”

“아버지! 부디 눈 뜨시고 밥 굶지 마시고 사셔요. 어서 갑시다.”

심청이는 오열하는 심 봉사를 뒤로 한 채 눈물을 흘리며 사립문을 빠져나왔다.

뱃사람들은 심청과 심 봉사의 딱한 사정을 두고서 의견을 나눴다.

“우리도 사람인지라 이렇게 생이별을 하게 해 놓으니 마음이 편치 않소.”

“그러게 말이오. 심 봉사의 여생이라도 굶지 않도록 살림을 좀 챙겨 주면 어떻겠소?”

“그거 좋은 생각이오.”

이렇게 뜻을 모은 뱃사람들은 쌀 이백 석과 돈 삼백 냥, 무명 삼베 한 동씩을 준비해 마을 사람들에게 당부했다. 뒤늦게 심청이가 몸을 팔아 인당수로 간다는 말을 전해 들은 승상 부인이 사람을 시켜 심청을 불렀다.

“어찌 이리도 야속할 수 있느냐. 나는 너를 자식이라 여기며, 너에게 잊지 말라 그리 말하였는데 어찌 이럴 수 있느냔 말이다. 네 효심이 지극한 건 알고 있으나 부모보다 먼저 세상을 뜨는 것 또한 불효인 것을. 그저 네 한 몸 죽으면 된단 말이냐? 그런 일이 있었으면 먼저 내게 와서 털어놓으면 될 것을!”

심청이는 말없이 눈물만 흘렸다.

"그러지 말고, 내가 쌀 삼백 석을 내줄 테니 어서 뱃사람을 부르도록 하여라."

눈물을 닦고 마음을 추스른 심청이 차분한 목소리로 말했다.

"부인께 말씀드리지 못한 일을 후회해 본들 무슨 소용이겠어요. 더군다나 이미 한 약속인데 어찌 물리겠습니까? 저들도 사정이 곤란해질 텐데요. 늙은 아비를 두고 죽는 것은 불효이오나, 이 또한 천명이니 어쩔 수 없지요. 부인께 입은 은혜는 죽어서도 절대 잊지 않겠습니다."

승상 부인은 그런 심청이가 아깝고 애통하여 통곡하였다.

떨어지지 않는 발걸음을 내디딜 때마다 심청은 뒤를 돌아보고 눈물을 흘렸다. 겨우겨우 뱃사람들에 이끌려 강가에 다다르자, 뱃사람들은 심청을 배에 태웠다. 배는 야속하게도 비단 위를 미끄러지듯 거침없이 나아갔다. 심청이는 울다 까무러치고, 울다 까무러치기를 반복했다. 그렇게 향하기를 닷새, 갑자기 잔잔하던 바다에 안개가 깔리고 거센 비바람이 불고 파도가 높게 일었다. 사방에서 우르르 쾅쾅 천둥 번개가 쳤다. 배는 이리저리 흔들렸다. 뱃사람들은 분주하게 움직이기 시작했다.

"이곳이 인당수요."

바삐 움직이던 뱃사람이 겁에 질린 표정으로 심청에게 말했다. 뱃사람들은 이윽고 제사상을 차리기 시작했다. 그러고는 심청을 목욕시키고 흰옷으로 갈아입혀 제사상 머리에 앉혔다. 뱃사람 중 한 명은 둥둥 북을 울리기 시작했다.

"용왕님, 저희가 용왕님의 노여움을 풀어 드리고자 이렇게 도화동의 십오 세 효녀 심청을 제물로 바칩니다. 용왕님은 부디 고이 받아 주십시오. 저희를 굽어살피시어 저희가 가는 뱃길 무사히 가도록 하시고, 많은 이문을 남기어 웃음소리 크게 나게 해 주십시오."

"지금이오. 어서 물에 뛰어드시오."

"비나이다, 비나이다. 부디 아버지가 눈을 뜨고 밥 굶지 않고 살게 해 주세요."

심청이는 이어 치마를 뒤집어쓰고 거친 바닷속으로 풍덩 뛰어들었다. 심청이 바다에 빠지자 언제 그랬냐는 듯 안개가 걷히고 비바람이 멈췄으며 천둥 번개가 멎었다. 뱃사람들은 진심으로 효녀 심청이의 명복을 빌었다.

옥황상제의 도움

물에 빠져 죽은 줄 알았던 심청은 알 수 없는 향기에 눈을 떴다. 눈앞에는 무지개 구름이 가득했고 어디선가 피리 소리가 아득하게 울려 퍼졌다. 어리둥절하며 두리번거리던 심청이 앞에 차차 안개가 걷혔다. 안개 너머로 용궁의 신하들과 병사들 그리고 선녀들이 보였다. 곁에는 백옥 가마 한 대가 서 있었다.

"기다리고 있었습니다. 어서 가마에 드시지요."

한 선녀가 말했다.

"이곳이 혹 염라국입니까? 속세의 천한 사람이 무슨 이유로 가마를 탄단 말입니까?"

"옥황상제의 지엄한 분부이오니, 걱정 말고 타십시오."

"뭔가 잘못 아신 것 같습니다."

심청이 말하자 선녀는 웃으며 말했다.

"옥황상제께서 효녀 심청이 인당수로 뛰어들 것이니 때에 맞춰 수정궁으로 모시라 하셨습니다."

그 말을 들은 심청은 마지못해 가마에 올랐다. 선녀, 신하와 병사들의 호위를 받으며 수정궁으로 들자 그곳은 말 그대로 별천지였다. 고래 뼈로 대들보를 얹은 궁궐은 오묘한 빛이 났고 기와는 물고기 비늘로 만들어 햇빛에 반짝였다. 발은 산호로, 병풍은 바다거북으로 만들었으며 휘장은 구름처럼 높이 둘러 있었다. 하늘에는 상상에만 있다는 새가 날아다녔고 푸른 물결 사이로 화려한 꾀꼬리 한 쌍이 보였다. 비취색의 산, 붉은색의 구름이 눈부셨다.

음식 또한 인간 세상의 것이 아니었다. 먹어 본 적 없는 술과 안주에 처음 보는 과일들까지, 들도 보도 못한 것들이었다. 심청은 시녀들의 문안 인사를 받으며 극진한 대접을 받았다. 황송한 호사에 몸 둘 바를 모를 지경이었다.

한편 심 봉사는 마을 사람들의 보살핌으로 형편이 해마다 나아졌다. 그렇지만 재산이 딸을 잃은 슬픔을 채워 주지는 못했다. 마을에 뺑덕 어미라는 여자가 있었는데, 심 봉사가 재산이 많다는 소문을 듣고 그의 애첩이 되었다. 뺑덕은 앞 못 보는 심 봉사를 허수아비로 여기고 그의 재산을 야금야금 가져다 써 버렸다. 급기야 심 봉사는 다시 빌어먹어야 할 상황이 되고 말았다.

"이보, 뺑덕. 나는 우리 심청이 보기도 그리고 마을 사람들 보기도 창피하여 더는 이곳에서 살 수 없소. 우리 같이 타향으로 가십시다."

그래서 심 봉사와 뺑덕은 타향으로 떠돌이 생활을 하게 되었다.

수정궁에서 꿈같은 3년을 보낸 어느 날, 옥황상제는 심청을 궁중에 있는 연꽃 속에 담아 다시 인당수로 내보내라 명했다. 때마침 남경으로 떠났던 상인들이 큰 이익을 얻어 돌아오는 길이었다. 그들이 인당수를 지나는데, 바다 위로 난데없이 커다란 연꽃 한 송이가 두둥실 떠올랐다.

"이곳은 심청 아가씨가 빠진 곳이 아니오?"

"심청 아가씨의 영혼이 꽃이 되어 피었나 보오."

뱃사람들은 그 꽃을 건져 황제에게 올리기로 했다. 그즈음 송나라의 황제는 황후를 잃은 슬픔으로 화초를 키우며 정원과 뜰을 채우며 괴로움을 이겨 나가던 중이었다. 그런 차에 뱃사람들이 진상한 연꽃은 황제에게 무엇보다도 값진 선물이었다. 황제는 연꽃을 화단에 띄우고 매일같이 들여다보았다. 연꽃에서는 빛이 찬란히 났으며 향기가 뛰어났다. 황제는 그 연꽃에 '선녀가 내려온 꽃'이라는 뜻의 강선화라는 이름을 지어 주었다.

　　어느 늦은 밤, 목욕을 마친 황제가 화단을 거닐고 있었다. 어디선가 도란도란 말소리가 들려왔다. 황제는 곧 그 소리가 강선화에서 나는 것을 알아챘다. 황제는 멀리서 강선화를 지켜보았다. 이윽고 꽃잎이 살포시 벌어지더니 예쁜 선녀의 얼굴이 보이는 것이었다. 황제는 꽃 가까이 다가갔다. 들여다보니 안에는 세 명의 여인이 있었다.

"너희는 누구냐?"

　　황제가 놀라 물었다.

"소녀는 용궁의 시녀이옵니다. 옥황상제의 명으로 심 소저를 모시고 나왔습니다. 황제를 뵙게 되어 황송하옵니다."

'이는 필시 옥황상제께서 내게 좋은 인연을 보내 주신 것이구나.'

　　황제는 꽃 속의 여인을 황후로 삼기로 하고 심청과 혼례를 올렸다.

눈을 뜬 심 봉사

심 황후의 은덕으로 매년 풍년이라, 사람들은 태평성대라 하였다. 이렇게 민심이 화평한 가운데 심 황후의 마음 한구석에는 근심이 하나 있었으니, 바로 심 봉사였다.

"무슨 근심이 있는 게요?"

황후의 근심을 눈치챈 황제가 물었다.

"사실 저는 도화동에 사는 맹인 심학규의 딸입니다. 아버지의 눈을 뜨게 하기 위해 인당수에 몸을 던졌습니다."

황후는 자신의 이야기를 상세히 들려주었다.

"허허. 어찌 미리 말하지 않은 게요. 염려치 마시오."

황제는 심학규를 찾기 위해 애썼으나 심 봉사가 1년 전에 도화동을 떠났다는 사실만 알게 되었다. 그 말에 황후는 눈물을 흘리며 애통해했다.

"살아만 계시다면 꼭 만나게 될 것이니 너무 슬퍼 마시오."

"한 가지 방법이 있긴 합니다."

"그것이 무엇이오? 말씀해 보시오."

"맹인들을 위한 잔치를 여는 것입니다. 그러면 제 아버지도 오시지 않겠나이까?"

그러자 황제는 다음 날 신하들을 불러 모아 명을 내렸다.

"맹인들을 위한 큰 잔치를 열 것이다. 이에 단 한명의 맹인도 빠지면 안 될 것이다. 각 지역의 관리들은 신분고하를 막론하고 모든 맹인을 참여케 하고 그들의 이름과 거주지를 기록하여 올리도록 하라. 만일 맹인 중 한 명이라도 몰라서 참여를 못했거나 빠진 자가 있다면 그 고을의 관리들을 엄히 벌하겠다."

이에 각 지역의 관리들은 맹인들의 명부를 작성하며 분주히 움직였다. 이 소식은 심 봉사의 귀에도 들어갔다. 심 봉사는 뺑덕을 앞세워 잔치에 참여하려 했다. 그러나 얼마 남지 않은 재산을 가지고 뺑덕이 도망을 치고 말았다. 기가 막힌 심 봉사는 혼자서라도 잔치에 가야겠다고 마음먹었다.

때는 초여름이라 햇볕이 쨍쨍하였다. 더위로 온몸이 젖은 심 봉사는 마침 개울가에서 잠깐 씻기로 했다. 시원한 물에 목욕을 하고 나서 옷을 입으려 했는데 벗어 둔 옷이 감쪽같이 사라졌다. 이러지도 저러지도 못한 채 심 봉사는 망연자실하여 털썩 주저앉았다. 자신의 신세가 하도 기구하여 눈물이 터져 나왔다.

"아이고, 아이고. 내 신세는 어찌 이 모양인가. 딸의 목숨 값은 애먼 여자가 다 해 먹고, 그나마 남은 옷과 짐은 도둑맞다니. 차라리 다리 한쪽이 없는 것이 나을 것을, 눈이 멀어 이런 수모를 겪는구나. 아이고, 내 신세야, 내 팔자야."

심 봉사가 탄식하고 있을 때, 무릉 태수가 그곳을 지나고 있었다.

심 봉사는 무릉 태수에게 사정해 겨우 옷을 얻어 입고 다시 갈 길을 갈 수 있었다.

심 봉사가 이런 고초를 겪는 동안 심 황후는 애간장이 다 녹을 지경이었다. 잔치는 끝나 가는데 간절히 기다리는 아버지는 도통 나타날 기미가 없었다.

"아버지, 대체 어디 계신 겁니까? 죽었는지 살았는지라도 알고 싶소. 이리 잔치를 열면 아버지를 볼 수 있을 것이라 생각했건만."

심 황후는 애통함에 눈물을 터뜨렸다. 이렇게 탄식하며 있는데 저 멀리서 머리가 다 세었으나 낯이 익은 소경 하나가 눈에 들어왔다. 분명 심 봉사였다. 심 황후는 시녀를 불렀다.

"저 소경을 이리로 데리고 오너라."

심 봉사는 비틀비틀 걸어서 시녀의 뒤를 따라갔다.

심 황후가 몹시 두근거리는 가슴을 손으로 누르며 물었다.

"어디에 사는 누구시오? 이름이 무엇이오?"

심 봉사는 겁을 먹은 듯 떨리는 목소리로 대답했다.

"저는 사는 곳 없이 이리저리 떠돌고 있습니다. 성은 심, 이름은 학규라 하옵니다. 맹인이면 와도 된다고 하기에……."

그 말에 심 황후는 손이 떨리고 눈물이 흘러내렸다.

"아버지, 저예요. 심청이에요."

심 황후는 버선발로 뛰어가 심 봉사를 와락 안았다.

"그게 무슨……. 제 딸 심청이는 죽었습니다. 보이지 않는다 하여 이리 놀리십니까?"

심 봉사의 떨리는 목소리에 물기가 어렸다.

"그 심청이가 혹 인당수에 빠져 죽었습니까? 아버지, 제가 그 심청이여요!"

"뭐라고?"

순간, '딱' 하는 소리와 함께 심 봉사의 두 눈이 번쩍 뜨였다. 심 봉사와 심청이는 얼싸안고 눈물을 흘렸다. 이에 황제와 그 자리에 있던 모든 사람들이 함께 기뻐하였다.

심청전
부록

원전을 기본으로 하나 어려운 한자나 이해하기 힘든 부분은 풀어서 썼습니다. 또한 미루어 짐작할 수 있는 상황은 대화나 인물의 심리 상태를 추가해 고전에 쉽게 접근하도록 했습니다.

들어가기

장면1.

남학생 : (고민스러운 표정으로 앉아 있다)

여학생 : 너, 표정이 왜 그래? 무슨 일 있구나!

남학생 : 내일이 엄마 생신이거든. 뭘 선물하지?

여학생 : 너희 엄마가 평소에 갖고 싶어 하셨던 거 없어?

남학생 : 갖고 싶어 하는 건 모르겠는데, 자주 하신 말씀은
　　　　있어.

여학생 : 뭔데?

남학생 : "오늘은 또 뭐 해 먹지?"

여학생 : (깔깔 웃으며) 에이, 그게 뭐야.

장면2.

선생님 : 그럼 가족들 식사 준비로 애쓰시는 어머니를 위해 한 끼
　　　　　를 대접해 드리는 건 어떻겠니? 인당수에 빠지는 것만

이 효는 아니잖아.

남학생 : (어리둥절하며) 인당수요?

여학생 : 저 알아요! 〈심청전〉 말씀하시는 거죠?

선생님 : 딩동댕! 〈심청전〉은 작자, 연대 미상의 판소리계 고전 소설이지. 앞이 보이지 않는 아버지의 눈을 뜨게 하기 위해 공양미 삼백 석을 받고 스스로 인당수에 뛰어든 심청이의 이야기란다.

남학생 : 선생님! 한 끼 식사에 마음만 담기면 상관없겠죠?

여학생 : 왜? 엄마한테 해 드릴 음식이 생각났어?

남학생 : 응. 우리 엄마는 나랑 입맛이 비슷해서 분식을 좋아하거든! 내일 집에 가는 길에 떡볶이랑 오징어 튀김 사 가려고!

선생님 : 뭐? 하하하!

장면3.

남학생 : 내가 〈심청전〉을 삼행시로 설명할 테니까 잘 들어 봐!

　　심 : 심청전은 판소리 열두 마당 중 하나인 〈심청가〉가 소설로 정착된 판소리계 소설이에요.

　　청 : 청이가 눈 먼 아버지를 위해 인당수에 몸을 던졌지만, 용왕님의 도움으로 환생하게 되었어요. 다행히 아버

지를 다시 만났고, 아버지는 눈을 뜨게 되어 행복하게
살았다는 이야기예요.

전 : 전 이 책을 읽고 심청이의 효심이 정말 대단하다고 생
각했어요.

선생님 : 잘했어! 자, 그럼 이제 〈심청전〉을 제대로 알아볼까?

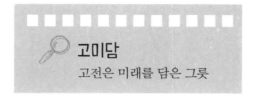

고미담
고전은 미래를 담은 그릇

고전 소설 속으로

〈심청전〉은 아버지의 눈을 뜨게 하기 위해 자신의 몸을 인당수에
던진 심청이의 효심에 대한 이야기다.

작자를 알 수 없는 판소리계 소설에 속한다. 역시 다른 판소리계
소설처럼 다양한 근원 설화에 뿌리를 두고 있다. 인도의 〈전동자 설
화〉, 〈묘법동자 설화〉 등이 우리나라에 들어와 〈효녀 지은 설화〉 등
으로 전해 오다가 판소리로 불려지고, 다시 소설로 정착한 것으로 보
고 있다. 특히 전남 성덕산의 〈관음사 설화〉와 흡사한 면이 있다.

전남 성덕산 관음사 <성덕과 홍장 설화>

옛날 충청도 대흥에 원량이라는 장님이 살았는데 그에게는 홍장
이라는 용모가 뛰어나고 효성이 지극한 딸이 있었다. 어느 날 원량이
동네를 지나는데 성공 스님이 그를 보자 큰절을 올렸다.

"제가 간밤에 특별한 계시가 있는 꿈을 꾸었습니다. 오늘 동네에
서 장님을 만날 텐데, 그가 장차 큰 시주를 하게 될 귀인이라고 했습
니다."

원량은 가난한 자신의 처지를 설명하였으나 스님은 한사코 그에게
시주를 해 달라고 간청하였다. 스님과 헤어진 후 원량 부녀는 근심이
태산 같았다. 그때 마침 중국 진나라 사신이 저녁에 집에 찾아왔다.
진나라 혜제(중국 서진의 제2대 황제)의 명을 받았다고 했다.

'새 황후가 될 분이 동국에 있을 것이니 그곳으로 가 보라' 하여 배
를 타고 왔는데, 알 수 없는 힘에 의해 이끌려 원량의 집에 닿았다는
것이다. 원량과 홍장은 사신이 가지고 온 예물을 받아 그것으로 성공
스님에게 시주하여 절을 짓도록 하였다.

이후 홍장은 중국으로 건너가 황후가 되었다. 황후가 된 홍장은 착
한 마음씨로 황제의 총애를 입었으며 백성들에게도 존경받았다.

고국을 그리워하던 홍장은 수많은 불상을 만들어 배에 실어 백제
로 보냈다. 그 배는 감로사 앞 나루에 닿았으며, 감로사에 봉안되었

다. 그 뒤로 홍장은 관음상을 주조하여 돌배에 실어 백제로 보냈는데, 이를 수상히 여긴 수졸을 피해 배는 그곳을 떠났다.

성덕 처자가 해변을 거닐다가 멀리서 배 한 척이 다가오는 것을 보았다. 바로 홍장이 보낸 그 배였다. 배가 저절로 성덕에게 다가와, 성덕이 안을 살펴보니 관음상이 빛나고 있었다. 성덕은 놀라 예배하고 관음상을 모시기 위해 전국을 돌아다니다가 마침내 성덕산에 이르러 관음상을 봉안하고 절을 세웠다는 것이다.

담고 싶은 이야기

〈심청전〉은 심청이의 지극한 효심을 그렸다. 앞이 보이지 않는 아버지의 두 눈을 뜨게 하기 위해 심청이는 자신의 목숨을 바쳤다. 그렇게 인당수에 몸을 던졌지만 용왕의 도움으로 심청이는 다시 환생하게 되었다. 이후 그토록 그리워하던 아버지를 만나 행복을 누린다는 내용이다. 이 이야기를 통해 당시 사람들이 가장 소중하게 여겼던 가치인 '효'에 대해 다시금 생각해 볼 수 있다.

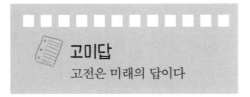

고미답
고전은 미래의 답이다

고민해 볼까?

조선 시대의 '효'는 어떤 모습이었을까?

조선 시대에는 유교적 가치를 높게 평가했다. 그중 하나로 효도를 꼽을 수 있다. 그 대표적인 예로 《삼강행실도》가 있다. 《삼강행실도》는 조선 세종 때 편찬한 교화서다. 1434년에 군신이나 부자, 부부 사이에 모범이 될 만한 충신, 효자, 열녀 등의 행실을 우리나라와 중국의 서적에서 추려 만든 책이다. 여기에는 심청처럼 자신을 희생한 자녀들의 이야기가 실려 있다.

《삼강행실도》를 편찬한 계기

1428년에 진주에서 김화라는 사람이 아버지를 살해한 사건이 발생했다. 이를 사람이 지켜야 할 도리에 어긋난 죄, 즉 강상죄로 엄히 처벌하자는 주장이 일어났다. 세종은 이때 죄를 묻는 것도 중요하지만 효행에 대한 책을 만들어 백성들에게 널리 읽히는 것이 훨씬 중요하다고 생각하여 《삼강행실도》를 만들었다.

1. 심청이가 아버지를 위해 인당수에 빠진 행위는 진정한 효도였을까?

2. 이 소설은 심청이의 효를 어떻게 바라보고 있는가?

3. 심청이의 아버지 심 봉사는 어떤 인물인가?

답을 찾아 한 걸음씩 나아가기

심청이는 아버지의 눈을 뜨게 하기 위해서 스스로를 공양미 삼백 석에 팔고 기꺼이 인당수에 몸을 던졌다. 생명의 가치보다 효가 더 우선인 것인가? 당시에 중요시하던 가치는 과연 무엇일까?

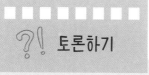

?! 토론하기

심청전에서 바라보는 생명의 가치는 어떠한가?

1. 효는 생명의 가치보다 우선일까?

2. 심청이가 공양미 삼백 석에 자신을 판 것은 옳은 일인가?

바리데기

그토록 기다린 아들은 오지 않고

옛날 아주 먼 옛날, 불라국의 왕으로 태어난 오구대왕은 열여섯 살이 되자 왕위에 올랐다. 용상에 앉은 그는 금관과 옥새를 거머쥐고 마음껏 나라를 다스릴 수 있게 되었다.

신하들은 오구대왕의 왕빗감으로 올해 열다섯이 된 길대 영감의 딸을 점찍었다. 그 딸은 성품이 어질고 착하며 인물이 아주 아름다웠다.

길대 영감과 딸은 궁궐에 들어오라는 부름을 받았다. 오구대왕은 그녀를 보자마자 첫눈에 반하고 말았다. 결국 오구대왕과 길대 영감의 딸은 혼례를 올렸다. 무당들은 혼례일을 조금 늦추는 게 좋을 것 같다며 오구대왕을 말렸지만 허사였다. 그녀가 없이는 아무것도 할 수 없을 정도로 사랑에 빠졌기 때문이었다. 이후 사람들은 그녀를 길대 부인이라 불렀다.

오구대왕과 길대 부인은 행복한 세월을 보냈다. 오구대왕이 서른이 됐을 즈음, 길대 부인이 임신을 하게 되었다. 오랫동안 아이가 없었던 이들에게 임신은 이루 말할 수 없는 기쁨이었다. 배가 불러 올수록 길대 부인은 입덧에 시달렸다. 그렇게 열 달이 지났고, 드디어 아이가 태어났다.

"마마, 감축드리옵니다. 공주 아기씨가 태어나셨나이다."

딸을 낳았다는 사실에 길대 부인은 상심했으나 오구대왕은 아이를 '천상금'이라 이름 짓고 애지중지 길렀다. 얼마 되지 않아 길대 부인은 또 임신을 하게 되었다. 그러나 둘째도, 셋째도, 넷째도, 다섯째도, 여섯째도 모두 딸이었다. 오구대왕은 딸들에게 각각 '지상금이', '해금이', '달금이', '별금이', '원앙금이'라고 이름을 지어 주었다. 딸만 내리 낳을수록 아들에 대한 오구대왕의 마음도 점점 커져만 갔다. 왕자를 낳아 왕실의 핏줄을 이어야 했기 때문이다. 길대 부인의 마음도 나날이 바위처럼 무거워져만 갔다.

그러던 어느 날이었다. 길대 부인은 꽃밭에 물을 주기 위해 여섯 딸들과 함께 후원으로 향하고 있는 중이었다. 대문 밖에서 목탁 두드리는 소리가 들려왔다.

"목탁 소리가 들리는구나."

길대 부인이 말했다. 그러자 해금이가 쪼르르 나가 대문을 열어 보았다.

"무슨 일이시오?"

해금이가 물었다.

"시주 동냥 왔나이다."

스님이 대답했다. 해금이는 어머니에게로 가 이를 고했다. 길대 부인은 흰쌀을 가지고 나와 스님의 바랑 속에 부어 주었다. 그러자 스님은 중얼거리듯 혼잣말을 했다.

"몸과 마음에 짙은 먹구름이 잔뜩 드리웠으나 이를 누가 알아준단 말인고."

"이보오, 스님. 그것이 무슨 말이오?"

길대 부인이 그 말을 듣고 스님에게 물었다.

"부인께서 왕자를 낳지 못하여 몸과 마음에 병이 들었다고 했사옵니다."

"혹, 무슨 방도라도 있는 것이오?"

"공양미 삼백 석과 돈 천 냥을 시주하십시오. 금불 부처를 올리시고, 불에 태울 종이 천 장, 미역 천 단을 올리시어 석 달 열흘 백일기도를 드리십시오. 영험하신 팔공사의 부처님께서 아들을 점지해 주실 것입니다."

이 말을 들은 길대 부인은 그 길로 오구대왕을 찾아갔다. 길대 부인은 스님에게 들었던 말을 오구대왕에게 전했다. 입을 꾹 다문 채 그 말을 듣던 오구대왕은 고개를 끄덕였다.

얼마 지나지 않아 길대 부인은 팔공사로 향했다. 공양미 삼백 석과 돈 천 냥, 금불 부처, 종이, 미역을 시주하고 꼬박 석 달 열흘 동안 불공을 드렸다. 그렇게 백일기도를 마친 길대 부인은 지친 몸을 이끌고 궁궐로 돌아왔다. 길대 부인은 그날 밤 기이한 꿈을 꾸었다.

사방에 알 수 없는 기운이 펼쳐져 있었다. 그 가운데 밝은 달빛 한

줄기가 길대 부인 앞을 비추었다. 달빛을 따라 학을 탄 선녀가 하늘에서 내려왔다. 그 모습이 어찌나 아름다운지 길대 부인은 넋을 놓고 바라보았다. 이윽고 선녀가 고운 목소리로 말했다.

"소녀는 황제께 큰 벌을 받아 이렇게 인간 세상으로 오게 되었습니다. 부처님이 이 댁으로 가라 하시어 찾아왔사오니 예쁘게 여겨 주셔요."

선녀는 와락 길대 부인의 품에 안겼다. 이에 깜짝 놀란 길대 부인은 깨어났다.

길대 부인은 오구대왕에게 기이한 꿈에 대해 이야기를 했다.

"아들을 얻는 꿈이 틀림없소, 부인!"

오구대왕은 부처님이 감동하여 왕자를 점지해 주었다고 굳게 믿었다. 신기하게도 얼마 지나지 않아 길대 부인에게 태기가 있었다. 그러나 길대 부인의 마음은 마냥 편치 않았다.

"혹, 아들인지 딸인지 미리 알 수 있는 방법은 없느냐?"

길대 부인이 시녀들에게 물었다.

"마을에 안 노인이라는 자가 있사온데, 아들만 여섯을 낳아 봤으니 잘 알 것이옵니다."

"그래? 그렇다면 당장 안 노인을 불러 다오."

길대 부인은 시녀들에게 말했다. 시녀들은 안 노인을 길대 부인 앞으로 데리고 왔다.

"내가 이번에 아들을 낳겠는가?"

길대 부인이 안 노인에게 물었다. 안 노인은 길대 부인의 배를 이리저리 한참을 쓰다듬어 보더니 입을 열었다.

"아들이 맞사옵니다. 걱정 마시옵소서. 설마 일곱째도 딸이겠습니까."

안 노인이 말했다.

길대 부인의 배는 점점 불러 오기 시작했다. 열 달을 채운 어느 날, 길대 부인은 배가 아파 왔다. 시녀들이 길대 부인을 방으로 데려가 눕혔다. 길대 부인은 배가 아픈 와중에도 부디 아들을 낳을 수 있게 해 달라고 빌었다.

방 안에는 알 수 없는 향이 진동했고, 예사롭지 않은 기운이 가득했다. 그 가운데 아기의 울음소리가 들려왔다. 늦은 나이에 낳는 아이인지라 길대 부인은 기력이 다하여 그만 정신을 잃고 말았다.

옆에서 거들던 유모들이 아기를 받아 확인하니 또 공주였다. 정신을 잃었던 길대 부인이 한참 만에 몸을 일으켰다. 겨우 눈을 뜬 길대 부인이 물었다.

"왕자더냐?"

길대 부인의 말에 유모가 대답했다.

"공주님이옵니다, 마마."

길대 부인은 차마 소리 내지 못하고 눈물만 하염없이 흘렸다. 한편

이 사실을 전해 들은 오구대왕은 불같이 화를 내며 말했다.

"그 아이를 당장 산속에 갖다 버리도록 하라!"

버림받은 바리데기

오구대왕의 명을 들은 길대 부인은 가슴이 미어지는 것 같았다. 그러나 오구대왕의 명령을 거역할 수는 없는 노릇이었다. 아이를 안아 든 길대 부인은 산속으로 들어갔다. 그러나 아무리 둘러봐도 아이를 버릴 만한 곳은 보이지 않았다. 그렇게 한참을 헤매던 길대 부인은 첩첩산중으로 들어섰다. 마침 그곳에 큰 바위가 있었다. 바위 앞으로는 깨끗한 물이 흘렀다.

"잠시 이곳에서 쉬어 가자꾸나."

길대 부인이 바위 위에 앉으며 말했다. 길대 부인은 품에 안긴 딸을 내려다보았다. 채 눈도 뜨지 못한 공주는 자그마한 입을 오물거리고 있었다. 이 예쁜 아이를 산에 버리고 갈 생각을 하니 길대 부인은 가슴이 찢어지는 듯했다.

"내 딸아. 너에게 줄 것이 이것밖에 없구나."

길대 부인은 공주에게 젖을 물렸다. 공주는 젖을 몇 번 빨더니 이내 쌔근쌔근 잠이 들었다.

"너를 버렸으니 바리데기라고 이름을 지어 주마."

길대 부인은 흐느끼며 말했다. 그녀는 손가락에 피를 내어 속적삼에 바리데기라고 적고는 고이 자는 아기의 품속에 넣었다. 길대 부인은 슬픔을 이기지 못하고 서글피 울고 말았다. 그러자 갑자기 천둥번개가 치면서 비가 내리기 시작했다. 그러나 이상하게도 빗줄기는 바리데기만을 피해 떨어지고 있었다. 이때 하늘에 무지개가 떴고, 무지개를 따라 학 한 마리가 날아왔다. 학은 공주의 머리 주위를 빙글빙글 맴돌았다.

"썩 물러가지 못할까! 몹쓸 것! 당장 저리 가거라!"

길대 부인은 팔을 휘둘러 학을 쫓아내려 했다. 학은 길대 부인에게 가까이 다가오는 듯하더니 이내 바리데기를 싸맨 포대기를 물고 하늘로 날아가 버렸다.

"아이고 내 딸아! 내 딸을 어디로 데려가느냐! 아이고, 아이고 내 딸아!"

한참을 소리치던 길대 부인은 망연자실한 표정으로 하늘을 올려다보며 눈물만 뚝뚝 흘렸다. 길대 부인은 하릴없이 궁궐로 돌아와야 했다. 길대 부인과 오구대왕은 서로를 끌어안고 한탄하며 울었다. 공주를 갖다 버리라고 한 오구대왕이었으나, 고통스럽고 슬픈 건 마찬가지였다. 그렇게 시간은 지나갔다. 날이 갈수록 오구대왕은 시름시름 앓기 시작했다. 아무도 오구대왕의 병이 무엇인지 알 수 없었기에 고칠 방법도 몰랐다.

한편, 포대기를 물고 하늘로 사라졌던 백학은 다시 커다란 바위로 돌아왔다. 백학은 돌아온 지 사흘 만에 선녀가 되었다. 선녀는 산에 집을 짓고는 바리데기에게 열매와 물을 먹이면서 키웠다. 다행히도 바리데기는 건강하게 잘 자랐다. 선녀는 바리데기가 네 살이 되자 공부를 가르쳤다.

시간이 갈수록 오구대왕의 병은 점점 깊어져 갔다. 방방곡곡의 모든 의사를 수소문하고 수백 가지 약을 써 보아도 차도가 없었다. 모두들 오구대왕이 죽을 것이라고 생각했다. 길대 부인은 답답한 마음에 옥녀 무당을 찾아갔다.

"이 땅에서 나는 약재는 아무 소용이 없습니다. 삼천 리 너머 서천 서역국에 있는 약수를 마신다면 모를까."

왕을 살리고자 하는 마음이 간절했던 길대 부인은 그 말을 듣고는 먼저 첫째 딸을 불렀다.

"네가 아버지를 위해 약물을 가지러 갈 테냐?"

첫째 천상금이가 말했다.

"어머니, 다 죽어 가는 아버지를 어찌 살린단 말이오? 그러지 말고 하루라도 빨리 맏사위에게 왕위를 물려준다고 하시오."

"뭐라? 고얀 것! 당장 나가거라!"

이어 길대 부인은 둘째 딸을 방으로 불렀다.

"둘째야, 네가 아버지를 위해 약물을 가지러 갈 테냐?"

그러자 둘째가 말했다.

"어머니, 첫째 언니도 안 한다는 걸 제가 뭐 하러 합니까? 전 둘째 사위에게 왕위를 물려 달라고는 안 하겠소. 대신 논 물려주렵니까? 아니면 밭 물려주렵니까?"

"이런 고얀 것! 너도 나가거라!"

길대 부인은 셋째 딸을 방으로 부른 뒤 물었다.

"셋째야, 네가 아버지를 위해 약물을 가지러 갈 테냐?"

그러자 셋째가 대답했다.

"어머니, 저는 곧 아이를 낳아야 하는데 어찌 가겠어요?"

길대 부인은 쓸쓸하게 고개를 끄덕였다.

"그렇구나. 나가 보도록 해라."

이어 길대 부인은 넷째를 방으로 불렀다.

"네가 아버지를 위해 약물을 가지러 갈 테냐?"

그러자 넷째가 이어 말했다.

"어머니, 저는 시아버지 삼년상 치러야 하니 못 갑니다."

"그래, 너 역시 사정이 있구나. 나가 보거라."

길대 부인은 다섯째를 방으로 불렀다.

"다섯째야, 네가 아버지를 위해 약물을 가지러 갈 수 있겠느냐?"

그러자 다섯째가 말했다.

"아니, 어머니! 내일모레 시누이가 시집간답니다. 제가 어찌 빠지겠어요?"

"됐다. 나가 보거라."

길대 부인은 여섯째를 방으로 불렀다.

"애야, 네가 아버지를 위해 약물을 가지러 가겠느냐?"

그러자 여섯째가 눈을 흘기며 말했다.

"어머니, 언니들도 안 간 위험한 곳을 제가 어찌 간다는 말이에요? 그리고 저는 시집간 지 석 달밖에 안 됐습니다. 신랑을 두고 어딜 가겠어요."

길대 부인은 답답한 가슴을 주먹으로 두드렸다.

"너희를 금이야 옥이야 길렀거늘 어찌 이리도 무정하단 말이냐. 한 나라의 공주로 부족한 것 없이 기른 너희인데. 젊기라도 했으면 내가 약물을 구하러 가겠지만, 내가 가면 우리 영감은 누가 돌보누. 아이고, 아이고. 꼴도 보기 싫다! 당장 나가거라."

공주들이 나가고 난 텅 빈 방을 둘러보며 길대 부인은 눈물을 흘렸다. 길대 부인은 속상한 마음으로 사발에 약을 짜서 오구대왕에게로 가져갔다. 병환으로 수척해진 오구대왕의 모습을 보니 가슴이 아렸다. 길대 부인은 오구대왕에게 약을 먹이고 다리도 주물러 주고 머리카락도 쓸어 주었다. 그러다가 그 옆에서 까무룩 잠이 들고 말았다.

꿈속에서 한 백발노인이 홀연히 나타나 길대 부인에게 말했다.

"왕비 마마, 내일 딸아기가 찾아갈 것입니다."

그 말에 놀라 길대 부인이 잠에서 깼다.

"아이고, 어디 가셨소! 그게 무슨 말이오, 내 딸이 찾아온다니! 아이고 내 아가! 공주야!"

그러나 길대 부인의 말에 대답해 주는 이는 아무도 없었다.

아버지를 살릴 약을 찾아서

바리데기를 키우던 선녀는 하늘로 올라가고, 이어서 산신령이 바리데기를 돌봤다. 바리데기는 어느덧 열다섯 살이 되었다.

어느 날, 산신령이 바리데기에게 말했다.

"얘야. 이리 와 보려무나. 옥황상제의 뜻으로 내가 너를 돌보았으나, 사실 너는 불라국 오구대왕의 막내 공주다. 어머니인 길대 부인이 너를 찾으러 올 것이다. 함께 불라국으로 가도록 하여라."

"어찌 저를 버리려 하십니까?"

"버리는 것이 아니라 진짜 부모를 찾아 주려 함이다. 네 아버지인 오구대왕이 위독하다. 네가 서천서역국에 가서 오구대왕을 살릴 약물을 구하거라."

바리데기는 산길을 터벅터벅 걸었다. 얼마나 걸었을까. 저만치서 비단옷을 입은 한 부인이 울면서 걸어오고 있었다.

"바리데기야! 대체 어디에 있느냐? 내 딸, 바리데기야!"

바리데기는 그 부인이 자신의 어머니라는 것을 직감했다. 반가운 마음에 바리데기는 한달음에 달려갔다.

"저예요, 어머니. 바리데기예요!"

길대 부인은 바리데기의 모습을 보고 놀랐다. 이리저리 헝클어진 머리에, 다 찢어진 옷이 마치 산에 사는 짐승과도 같았기 때문이다. 길대 부인이 자신을 쳐다만 보고 있자, 바리데기는 품 안에서 낡은 속적삼을 주섬주섬 꺼내어 내밀었다.

"이걸 보셔요."

거기에는 바리데기라는 이름이 적혀 있었다. 분명 자신이 주었던 것이었다. 길대 부인은 그제야 눈앞에 선 아이가 바리데기라는 것을 깨달았다. 길대 부인은 바리데기를 와락 껴안았다.

"아이고, 내 딸아! 드디어 너를 만나는구나! 네가 정녕 내 딸 바리데기란 말이냐!"

모녀는 기쁨에 겨워 서로를 부둥켜안고 한참을 울었다. 길대 부인은 딸의 손을 꼭 잡고 서둘러 궁궐로 돌아왔다.

"여기 누가 왔나 보셔요!"

길대 부인이 오구대왕에게 말했다.

"아버지! 저예요. 바리데기예요. 이제야 인사드리는 걸 용서하세요."

바리데기는 병든 오구대왕의 비쩍 마른 손을 잡으며 엉엉 울었다. 그러자 오구대왕이 겨우겨우 무거운 눈꺼풀을 들어올렸다.

"네가 정녕 바리데기란 말이냐?"

"네, 아버지! 바리데기예요!"

오구대왕은 주르륵 눈물을 흘렸다. 왕자가 아니라는 이유로 한번 안아 보지도 못하고 내다 버린 자식이었다. 생각하면 슬프고 아팠던, 한없이 미안하기만 한 막내딸이었다.

"죽어도 여한이 없구나. 이제는 절대로 내 옆에서 떨어지지 말고 곁에 있어 다오."

그날 밤, 바리데기는 어머니인 길대 부인에게 말했다.

"어머니, 아버지를 살릴 길은 서천서역국의 약물밖에 없다 들었습니다. 제가 꼭 구해 가지고 오겠어요."

그 말에 길대 부인은 아무 말 못하고 눈물만 흘렸다.

"만나자마자 이별이니, 저 역시 가슴이 아픕니다. 그러나 아버지를 살려야 하지 않겠습니까? 다만, 청이 하나 있사옵니다."

"오냐, 무엇이든 말해 보거라."

길대 부인이 눈물을 닦으며 대답했다.

"여정 동안 사내의 행색을 할 것입니다. 옷을 준비해 주셨으면 합니다."

길대 부인은 그날부터 손수 바리데기가 입을 사내 옷을 준비했다.

그리고 며칠 뒤 채비가 끝나자 바리데기는 머리를 땋아 올려 상투를 틀고, 사내 옷을 입은 채 바랑을 짊어졌다.

"소녀, 다녀오겠습니다."

만나자마자 딸을 보내야 하는 슬픔으로 길대 부인과 오구대왕은 눈물을 감출 수 없었다. 바리데기도 눈물이 났으나 애써 씩씩한 척 부모님께 인사를 하고 서천서역국으로 떠났다. 그렇게 바리데기는 정처 없이 발걸음을 옮겼다.

아무리 어렵고 힘들어도

얼마나 걸었을까? 사방에 불빛 하나 없는 밤이 찾아왔다. 주변에는 인기척조차 없었다. 그때 저 멀리서 풍경 소리가 들렸다. 바리데기는 그 소리를 따라 발걸음을 옮겼다. 그러다 보니 수미산의 팔공사가 나타났다. 바리데기는 절간의 문을 두드렸다. 하룻밤 재워 달라고 할 생각이었다. 그러나 아무리 문을 두드려도 묵묵부답이었다. 주변을 보니 북이 놓여 있었다. 바리데기는 북채로 북을 광광 쳤다. 그러자 자다 깬 스님들이 허겁지겁 옷을 집어 입은 채 뛰어 나왔다.

"아니, 공주님이 어떻게 이런 곳까지 오셨습니까? 미리 모시지 못해 송구하옵니다. 자, 먼 길 오시느라 시장하실 텐데 식사부터 하시지요. 오늘 밤에 이 밥을 드시고 나면 석 달 열흘을 굶어도 배고프지 않을 것입니다."

바리데기는 스님이 내주는 밥을 맛있게 먹었다.

"스님, 서천서역국은 어느 길로 가야 합니까?"

"이 길을 따라 쭉 가면 됩니다."

바리데기는 스님이 알려 준 길을 따라갔다. 그러나 사흘 밤낮을 걸었는데도 서천서역국은 나오지 않았다. 그런데 저 멀리서 한 할머니가 빨래를 하고 있었다. 바리데기는 반가운 마음에 서둘러 그 할머니에게로 다가갔다.

"할머니, 혹 서천서역국으로 가는 길을 아세요?"

바리데기가 묻자 할머니가 대답했다.

"검은 빨래는 희게, 흰 빨래는 검게 빨아 준다면 알려 주마."

"좋아요."

바리데기는 빨랫감과 방망이를 받아 들었다. 그러고는 방망이로 열심히 빨래를 두들겼다. 몇 날 며칠 동안 열심히 빨래를 두들긴 바리데기의 손은 부르트고 피가 났지만, 여전히 검은 빨래는 검은색이고 하얀 빨래는 하얀색이었다. 물끄러미 빨래 더미를 보던 바리데기에게 좋은 생각이 떠올랐다.

"그래, 누가 빨래를 물로만 빨라더냐."

바리데기는 빨래에 흙칠을 해 방망이로 내리치기 시작했다. 그랬더니 흰 빨래는 검은색이, 검은 빨래는 흰색으로 변하는 게 아닌가.

"오냐, 이제 네가 빨래를 좀 하는 구나."

어느 틈에 왔는지 등 뒤에서 할머니가 바리데기를 내려다보며 말했다.

"그럼 할머니, 서천서역국으로 가는 길을 알려 주세요."

그러자 할머니가 말했다.

"저기 보이는 언덕을 넘고 또 넘어서 가다 보면 밭을 가는 노인이 있을 거다. 그 노인에게 물어보거라."

바리데기는 할머니의 말대로 언덕을 넘고 또 넘었다. 한참을 걸으니 밭을 가는 노인이 있었다. 바리데기는 노인에게 다가가 물었다.

"서천서역국으로 가고자 합니다. 어디로 가야 하는지요?"

"이 너른 논을 다 갈려면 쉴 틈이 없다. 말 시키지 말거라."

바리데기는 난감했다. 논을 다 갈 때까지 무작정 기다릴 수도 없었다.

"논이 그렇게 넓은가요?"

"거참, 말 시키지 말라니까. 논이 어디서 시작해 어디서 끝나는지 나도 좀 알고 싶구나."

노인은 소를 끌고 가려 했다. 다급한 마음에 바리데기가 노인의 앞을 막아섰다.

"제가 해 드릴게요. 대신 길을 알려 주세요!"

바리데기를 지나치려던 노인은 그 말을 듣고 바리데기를 쳐다보았다.

"좋다. 그럼 그렇게 해라."

노인은 쟁기를 바리데기에게 건네고는 논 밖으로 나갔다.

"소야, 이랴! 어서 논을 갈아 보자."

그러나 소는 옴짝달싹도 하지 않았다.

"소야, 제발 가자. 응? 이랴, 이랴!"

아무리 어르고 달래도 소는 눈만 껌뻑거릴 뿐, 한 발자국도 움직이지 않았다. 바리데기는 답답한 마음에 발만 동동 굴렀다.

"무슨 일이십니까?"

어디선가 누군가의 목소리가 들려왔다. 바리데기는 주위를 둘러보았다. 땅속에서 커다란 두더지 한 마리가 머리를 내민 채 바리데기를 올려다보고 있었다.

"이 논을 다 갈아야 서천서역국으로 가는 길을 알 수 있는데, 소가 꼼짝도 안 하는구나. 어쩌면 좋을지 모르겠다."

"그런 거라면 걱정 마세요!"

두더지의 말이 끝나기가 무섭게 땅이 울리더니 여기저기서 두더지 수천 마리가 튀어나왔다. 두더지들은 땅을 뒤집고 갈기 시작했다. 두더지들은 끝이 보이지 않는 논을 순식간에 갈아엎었다.

"땅을 아주 잘 갈아 놓았군."

어느 틈에 노인이 나타나 바리데기에게 말했다.

"논을 다 갈았으니 이제 알려 주세요."

"오냐. 알려 주마. 저기 고개가 보이느냐?"

"네, 보입니다."

"저 열두 고개를 넘어가면 유수강 백마중이 있을 것이다. 그 강을 건너야 한다."

바리데기는 노인이 일러 준 대로 고개를 넘고 또 넘었다. 열두 고개를 다 넘는 데만 몇 달이 걸렸다. 마지막 고개를 넘자 드디어 강이 나타났다. 바로 유수강 백마중이었다. 그런데 강이 너무나 넓어서 쉽사리 건널 수가 없었다.

"이 강을 무슨 수로 건너지?"

바리데기가 한참 고민에 빠져 있을 때였다. 저 멀리 떠내려오는 배 한 척이 눈에 띄었다. 바리데기는 그 배를 타고 무사히 강을 건널 수 있었다.

약물을 지키는 동수자

한편, 깊은 산중에 한 사내가 서성거리고 있었다. 그의 이름은 동수자로, 옥황상제의 제자였다. 그런데 글귀를 잘못 지은 벌로 동두산 동두천의 약수를 지키게 되었다. 옥황상제는 동수자가 바리데기와 백년언약을 맺으면 그 죄를 용서해 주기로 했다. 그 때문에 동수자는 바리데기를 기다리고 있었던 것이다. 때마침 저쪽에서 누군가가 걸어오고 있었다. 바로 바리데기였다.

"서천서역국에 있다는 약물을 찾고 있어요. 혹시 아세요?"

바리데기가 말했다.

"뉘시오?"

동수자가 바리데기의 행색을 살피며 말했다.

"불라국의 일곱째 왕자요. 병든 아버님을 살리기 위해 여기까지 왔소."

"불라국 일곱째는 왕자가 아닌 공주일 텐데, 거참 희한하구려. 나는 동두산의 동수자요. 바로 그 약물을 지키는 사람이라오. 약물이 있는 곳을 가르쳐 줄 수 있으나, 석 달 열흘간 기도를 해야만 한다오."

동수자가 말했다.

"그렇게 할게요."

바리데기가 대답했다.

"그럼, 따라오시오."

동수자가 앞장서서 걸었다. 동수자는 대궐 같은 넓은 집 앞에서 걸음을 멈췄다.

"먼저 짐을 좀 풀고 쉬시오."

동수자는 이렇게 말하고 어디론가 사라졌다. 얼마 뒤 다시 모습을 드러낸 동수자는 밥상을 들고 나타났다. 그야말로 진수성찬이었다.

"시장하실 테니 어서 드시오."

바리데기는 밥과 찬을 남김없이 먹어 치웠다.

'분명 불라국의 일곱째는 공주라 했거늘. 그런데 이리 잘 먹는 것을 보니 사내 같기도 하고, 고운 얼굴이 여자 같기도 하고. 거참 이상하다.'

동수자는 밥을 먹고 있는 바리데기를 찬찬히 살피며 고개를 갸웃거렸다.

"자, 이제 식사를 마쳤으니 자도록 하지요."

상을 치우고 온 동수자는 아무렇지도 않게 방에 벌러덩 누워 코를 골기 시작했다. 바리데기는 멀찍이 떨어져 누웠다. 그러나 옆에 잠든 동수자 때문에 제대로 잠을 잘 수 없었다. 결국 뜬눈으로 밤을 지새웠다.

"잠을 잘 못 잔 모양이오. 잠자리가 불편했소?"

다음 날 아침, 동수자가 바리데기에게 물었다.

"아니오."

"그렇다면 다행이구려. 오늘부터 백일기도를 드려야 하니 어서 갑시다."

동수자는 바리데기를 개울가로 데리고 갔다. 동수자는 바리데기 앞에서 훌렁훌렁 옷을 벗어 던졌다.

"뭐 하시오? 백일기도를 하려면 목욕재계부터 해야 하지 않겠소?"

"저는 저쪽에서 씻겠습니다."

바리데기가 말했다.

"아니, 같은 사내끼리 뭐 어떻소? 같이 씻읍시다."

"아닙니다. 전 저쪽으로 가 보겠습니다."

바리데기는 황급히 자리를 피했다.

'아무래도 이상하다. 하는 행동이며 모습까지 분명 여자가 틀림없
다.'

동수자는 의심스런 눈초리로 자리를 피하는 바리데기를 쏘아보
았다.

어느덧 시간은 흘러 기도를 드린 지 99일째가 되었다. 그날도 몸
을 씻기 위해 두 사람은 개울로 향했다. 여느 날처럼 두 사람은 서로
가 씻던 곳에서 몸을 씻기 시작했다. 바리데기는 목욕을 마치고 바위
옆에 놓아 둔 옷가지를 찾아 입으려 했다. 그런데 아무리 봐도 옷이
없었다. 이러지도 못하고 저러지도 못한 채 발만 동동거리고 있는데,
나무 뒤에서 동수자가 불쑥 나타나 옷을 내밀었다.

"이거 찾으시오?"

바리데기는 황급히 물속으로 몸을 숨겼다.

"어서 돌려주세요."

"같은 남자끼리 뭘 그리 부끄러워하시오? 직접 가져가시오."

"어서 옷을 주세요. 사실 저는 여자입니다."

"나를 속였던 게로군! 그간 들였던 불공은 남자로 속이고 한 것이니 아무 소용이 없게 되었소. 허나 나와 백년언약을 맺으면 약물이 있는 곳을 알려 드리겠소. 나의 제안을 거절하려거든 약물은 포기하시오."

바리데기는 어쩔 수 없이 동수자와 백년언약을 맺었다.

"약속대로 백년언약을 맺었으니, 약물이 있는 곳을 알려 주세요."

그러자 동수자가 말했다.

"부인. 나는 하늘나라의 사람으로 죄를 지어 이렇게 동두천의 약물을 지키게 되었소. 지하의 사람과 부부의 연을 맺어 아들 삼 형제를 낳아야만 옥황상제께서 내 죄를 용서해 주신다 하였소. 삼 형제를 낳아 주면 안 되겠소? 그렇게만 해 준다면 꼭 가르쳐 주겠소."

바리데기가 기가 막혀하며 말했다.

"약속이 틀리잖아요? 분명 백년언약을 하면 약물이 있는 곳을 알려 준다 하지 않았어요? 삼 형제까지 낳고 돌아간다면 병으로 고생 중인 우리 아버지는 어쩌란 말이에요? 약물을 구한들 아버지가 돌아가시면 다 무슨 소용이죠?"

"걱정 마시오, 부인. 내가 사람 살리는 꽃을 알고 있소. 그러니 제발 삼 형제만 낳아 주시오."

그 말에 바리데기는 하는 수 없이 그곳에서 삼 년 동안 지내며 아들 삼 형제를 낳았다.

"부인이 약속을 지켜 주었으니, 나도 약속을 지키도록 하겠소."

동수자가 바리데기에게 말했다.

"이것은 약수터의 열쇠요. 이 길을 따라가면 약수터 입구가 나올 것이오. 안으로 들어가면 꽃밭이 있소. 그중에서 살살이꽃과 뼈살이꽃, 숨드레꽃을 꺾어 가시오. 살살이꽃은 썩어 버린 살도 원래대로 되돌릴 수 있으며, 뼈살이 꽃은 가루가 된 뼈도 맞출 수 있다오. 숨드레 꽃은 멎어 버린 숨을 돌아오게 한다오. 이 세 가지 꽃이 꼭 필요할 것이오."

열쇠를 받아 든 바리데기는 서둘러 떠날 채비를 했다. 동수자는 집을 나서려는 바리데기의 손을 잡았다. 그러고는 바리데기에게 책 한 권을 내밀었다.

"그리고 부인이 위기에 처했을 때 쓰도록 하시오. 한 번만 사용할 수 있소. 그리고…… 꼭 살아 돌아오시오."

바리데기는 고개를 들어 동수자와 뒤에서 울고 있는 세 아들의 얼굴을 한 번씩 보았다.

"더 머뭇거리지 말고 어서 가시오."

동수자가 말했다. 바리데기는 마음을 굳게 다잡고 집을 나섰다. 바리데기는 동수자가 알려 준 길을 쉬지도 않고 걸었다. 너무 늦었다는 생각에 걸음을 재촉할 수밖에 없었다. 그렇게 며칠을 걸어서 약수터에 도착했다. 열쇠로 자물통을 열자 문이 스르르 열렸다. 바리데기는 황급히 안으로 들어갔다. 안쪽에는 수많은 꽃들이 만발해 있었다.

그중에서 세 가지 꽃을 꺾어 품에 넣었다. 꽃밭을 돌아다니다 보니, 그 사이에서 작은 물줄기가 솟아오르는 것이 보였다. 그토록 찾아 헤매던 약수였다. 바리데기는 약수를 물병에 담았다. 그리고 왔던 길을 되돌아 며칠을 걸었다.

저 멀리 동수자와 아들들이 있는 집이 보였다. 바리데기는 숨을 헐떡이며 뛰었다. 아들들의 울음소리가 들려왔다. 얼마나 울었는지 얼굴은 퉁퉁 부었으며 온통 눈물과 콧물 범벅이었다.

"아니, 아버지는 어디 가셨니?"

겨우 말을 알아듣기 시작한 첫째 아들이 자그마한 손으로 하늘을 가리켰다. 바리데기는 아이들을 껴안았다.

"동수자 당신은 정말 해도 너무하세요! 당신과 아이들 생각에 쉼 없이 뛰어왔는데 아이들만 버려 둔 채 하늘로 가시다니요! 어쩌면 이럴 수 있어요!"

그러나 아무리 외쳐 본 들 하늘로 떠나 버린 동수자는 아무런 대답이 없었다.

아버지를 살리다

바리데기는 울고 있는 아이들을 보며 마음을 다잡았다. 우선 세 형제를 깨끗하게 씻겼다.

"얘들아, 이곳을 떠나 외할아버지와 외할머니가 계신 곳으로 가자 꾸나."

그렇게 하나씩 업고, 안고, 걸고 하여 몇 날 며칠을 걷다 보니 유수 강 백마중에 도착했다. 바리데기는 저번에 탔던 그 배를 타고 강 건 너편에 도착했다. 그리고 끝없이 한참을 걸었다. 고개를 넘고 논을 지나, 개울을 막 건너갈 때였다. 저 아래 쪽에서 흰옷을 입은 수많은 사람들이 구슬피 노래를 부르며 올라오고 있었다. 바로 오구대왕의 상여와 상여꾼들이었다. 그 뒤로 웃고 떠들고 있는 언니들이 보였다.

바리데기는 달려가 상여꾼 앞을 가로막았다.

"당장 멈추어라!"

그러자 칼과 창을 든 병사들이 바리데기 앞으로 몰려들었다.

"누가 감히 대왕님의 상여를 막는 것이냐!"

병사 중 한 명이 소리쳤다.

"나는 이 나라의 공주, 바리데기다!"

첫째 공주가 병사들 사이를 헤집고 나와 바리공주를 보았다. 산발 한 머리와 여기저기 찢어진 옷에, 다 헤져 발가락이 나온 신발, 함께 온 아이들은 때가 덕지덕지 묻어 더러웠다.

"아무래도 실성을 한 모양이구나. 감히 어느 앞이라고! 여봐라, 저 무엄한 년을 당장 죽여라!"

"첫째 언니! 저예요, 바리데기! 제가 아버지를 살릴 약을 구해 왔어요."

첫째 공주는 바리데기의 얼굴을 찬찬히 살폈다.

"무어라? 이미 돌아가신 뒤에 나타나서 뭘 어쩌겠다는 거냐? 그리고 뭐? 약을 구해 와? 어떤 사내놈과 놀아나서 아이까지 낳은 마당에 거짓말을 하는 게냐? 여봐라, 당장 저년을 잡아서 옥에 가두어라!"

그러자 병사들은 칼을 높이 쳐들고 바리데기에게 달려들었다. 바리데기는 어찌해야 할 바를 몰랐다. 그때 동수자가 준 책이 떠올랐다. 그러나 어떻게 써야 할지 알 수 없었다. 이때 어디선가 바람 한 줄기가 불어왔다. 불어온 바람이 바리데기 손에 들린 책의 책장을 넘겼다. 펼쳐진 책장에는 주문이 쓰여 있었다. 다급한 마음에 바리데기는 주문을 외웠다. 그러자 천둥 번개가 치기 시작하고, 바리데기를 향해 달려오던 병사들은 몸이 굳어 버리기라도 한 듯, 움직이지 않았다.

"어떻게 된 것이냐! 당장 저년을 잡으래도!"

병사들이 움직이지 않자 당황한 첫째 공주가 소리쳤다.

"몸이 움직이지 않습니다. 제발 살려 주십시오!"

몸이 굳어 버린 병사들은 겁에 질려 소리쳤다.

"상여를 돌려 궁궐로 돌아가겠느냐?"

그러자 바리데기가 병사들에게 말했다.

"네, 그리하겠습니다."

바리데기는 책에 쓰인 주문을 다시 외웠다. 그러자 병사들의 몸이 다시 움직이기 시작했다. 그들은 상여를 이고 궁궐로 돌아갔다. 궁궐에 도착하자마자 바리데기는 관을 열었다. 관 안에 누워 있는 오구대왕은 이미 형체를 알아볼 수도 없었다. 바리데기는 말없이 눈물만 뚝뚝 흘리며 품 안에 있던 꽃들을 꺼냈다. 뼈살이꽃으로 오구대왕의 몸을 문지르자 뼈가 생겨났고, 살살이꽃을 문지르자 뼈 위에 살이 돋아났다. 오구대왕의 입에 약수를 흘려 넣고, 마지막으로 숨드레꽃을 몸에 문질렀다.

"아바마마, 이제 그만 일어나세요."

바리데기가 울며 말했다. 그러자 오구대왕의 두 눈이 번쩍 뜨였다.

"바리데기야……."

오구대왕은 바리데기를 꼭 껴안고 눈물을 흘렸다.

"고맙구나, 우리 막내 공주야. 고맙고 또 미안하다."

"아바마마, 어마마마. 부디 저를 죽여 주세요. 약수를 구하러 갔다가 부모의 허락도 없이 동수자라는 이와 부부의 연을 맺고 아들 삼 형제를 낳았습니다. 부디 죽여 주세요."

"어찌 그런 말을 하느냐! 아들이 아니라고 귀한 자식을 버린 죄인이 나다. 원망은커녕 고맙고 미안한 마음뿐이다. 병든 아비를 살리겠다며 그 먼 곳에서 약을 구해 온 것이 너 아니냐. 오히려 너의 연을 만났으니 좋은 일이며, 외손자가 셋이나 생겼다니 그보다 큰 경사가 어디 있으랴!"

뒤늦게 바리데기가 왔다는 소식을 들은 길대 부인이 버선발로 뛰어왔다.

"아이고, 내 딸아. 아이고, 얼마나 고생을 했을꼬. 예쁜 내 딸도 살아오고, 대왕님도 살았구나."

"여봐라, 내가 죽기를 바라 약수 구해 오기를 거부하며, 도리어 바리데기를 죽이려 한 저 못된 딸 여섯과 사위 여섯을 절도 섬으로 귀양 보내도록 하라."

하지만 바리데기가 막아섰다.

"아바마마, 열 손가락을 물어 안 아픈 손가락이 있나요? 언니들이 죄를 지어 귀양을 가면 제가 어찌 마음 편히 지낼 수 있단 말입니까. 차라리 저도 함께 보내 주세요."

"네 말이 기특하구나. 말 한 마디에 천 냥이 오르고 말 한 마디에 천 냥이 내린다고 하더니, 너를 두고 한 말이다. 얘들아, 너희 모두 막내 동생의 의를 본받아라."

그리하여 여섯 딸들은 바리데기 덕에 용서를 받을 수 있었다. 오구대왕은 신하들에게 풍악을 울리게 하며 성대한 잔치를 벌였다.

바리데기가 아버지를 살렸다고 소문이 나자 방방곡곡 면면촌촌에서 수많은 인파가 구경을 왔다. 오구대왕은 그들 중에서 배고픈 사람에게는 밥을 주고, 옷 없이 온 사람에게는 옷을 주며, 노잣돈 없이 온 사람에게 노잣돈을 주면서 수많은 재물을 베풀었다.

오구대왕은 바리데기에게 나라의 절반을 주겠다고 하였다. 그러나 바리데기는 이를 거절하고 불쌍한 이들을 도우며 살았다.

이렇게 해서 오구대왕과 길대 부인은 세상에서 많은 공덕을 닦고 나중에 바리데기를 따라서 극락세계로 갔다.

훗날 오구대왕과 길대 부인은 견우직녀가 되었다. 그리하여 일 년에 한 번, 칠월 칠석에 만날 수 있게 되었다. 딸 일곱은 하늘의 칠성별이 되었다. 바리데기의 아들 삼 형제는 삼태성이 되었다. 여섯 명의 사위는 각각 동쪽 하늘에 조각별, 좀생이별이 되었다. 또한 동수자와 바리데기도 칠월 칠석에 한 번씩 만날 수 있게 되었다.

바리데기
부록

원전을 기본으로 하나 어려운 한자와 이해하기 힘든 부분은 풀어서 썼습니다. 또한 미루어 짐작할 수 있는 상황은 대화나 인물의 심리 상태를 추가해 고전에 쉽게 접근하도록 했습니다.

들어가기

장면1.

남학생 : (기웃거리며) 뭘 그렇게 열심히 해?

여학생 : 수학 문제 풀고 있어! 이 부분이 좀 막히네.

남학생 : 내가 수학엔 좀 강하지! 도와줄까?

여학생 : 아니, 나 혼자 해 볼 거야!

남학생 : 선생님한테 물어봐, 괜히 끙끙 앓지 말고!

장면2.

선생님 : 무슨 일인데? 내가 도와줄까?

여학생 : 괜찮아요, 선생님. 수학 문제 풀고 있는데, 저 혼자 해 보려고요.

선생님 : 혼자 열심히 하는 모습이 멋진데! 그 옛날에 아버지의 약을 구하러 혼자 모험을 떠났던 누군가의 모습이 떠오르는걸?

남학생 : 선생님, 혹시 바리데기를 말씀하시는 거예요?

선생님 : 맞아. 〈바리데기〉는 전국적으로 전승되는 무속 신화야. 서사 무가라도 하지. 오구대왕의 일곱 번째 딸로 태어난 바리데기는 여자라는 이유로 부모에게 버림받고 산신령의 도움으로 자랐단다. 바리데기는 오구대왕이 병에 걸리게 될 즈음, 부모의 존재를 알게 되고 오구대왕의 병을 치료하기 위해서 서천서역국으로 떠나지. 결국 바리데기가 약수를 구해서 오구대왕의 병을 고친다는 이야기야.

남학생 : 그럼, 바리데기는 혼자 힘으로 거기까지 간 거예요?

선생님 : 누군가의 도움을 받긴 받았지. 그렇지만 바리데기는 스스로의 의지로 끝까지 갈 수 있었단다.

여학생 : 선생님 말씀 들으니까 갑자기 힘이 번쩍 나요!

　　　　(한결 밝아진 표정으로 문제를 풀어 나간다)

남학생 : 21세기 바리데기가 여기 있었네!

장면3.

여학생 : 이번엔 사행시 안 지었어?

남학생 : 당연히 지었지! 잘 들어 보세요, 선생님.

　　　　바 : 〈바리데기〉는 작자 미상의 무속 신화예요.

　　　　리 : 이별한 부모를 만나게 됐지만, 아버지인 오구대왕은

병들어 있었어요. 여섯 명의 언니들은 아무도 오구
대왕을 살릴 생각이 없었죠.

데 : 데뷔하는 배우처럼 바리데기는 목숨을 건 모험의 무
대에 오르게 되었어요. 오구대왕을 살릴 약수를 구
하러 서천서역국으로 떠났지요. 우여곡절 끝에 바리
데기는 약물을 구했어요.

기 : 기적적으로 오구대왕을 살린 바리데기는 여섯 언니
들과 함께 불쌍한 백성들을 도우며 살았답니다.

선생님 : 하하하, 정말 잘했구나! 이제 〈바리데기〉를 더 자세히
알아볼까?

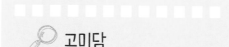

고미담
고전은 미래를 담은 그릇

고전 소설 속으로

〈바리데기〉는 우리나라 전역에서 전승되어 온 무속 신화이다. 〈바
리데기〉 말고도 〈무조전설〉, 〈바리공주〉, 〈칠공주〉, 〈오구풀이〉 등으
로 불린다. 이는 모두 죽은 사람의 넋을 달래고 저승으로 보내기 위
해 치르는 굿의 일종이다.

미리미리 알아 두면 좋은 상식들

1. 무속 신화

무속 의례인 굿에서 무당이 구송하는 신화를 말한다. 이는 본풀이라고도 하는데, 본풀이는 무당이 섬기는 신의 내력을 구비 서사시의 형태로 풀어내는 굿의 절차이다. 때문에 이를 서사 무가라고도 하고, 무당이 사람들 앞에서 노래하기 때문에 구비 서사시라고도 한다. 부여의 '영고'나 고구려의 '동맹', '단군제', '동명제', '혁거세제' 등도 모두 고대의 무속 제전이다. 굿에서 무속 신화를 노래하는 것은 믿는 것이 말을 통해서 이루어질 것이라 생각하기 때문이다.

우리나라의 무속 신화들은 후에 전설, 민담, 고소설, 민요 등 다양한 문학 작품의 밑바탕인 동시에 여러 분야에 다양하게 걸쳐 우리의 문화를 형성하는 거름 역할도 하고 있다.

2. 굿이란?

굿은 신과 사람이 만나 소통하는 것으로, 사람들은 중간자인 무당이 신과 사람을 이어 준다고 생각했다. 무당이 신에게 굿상을 차려서 제물을 바치며 춤과 음악으로 사람들의 소망이 이루어지도록 기원한다.

상고 시대에는 무당의 힘이 강할 수밖에 없었다. 국가의 중대사에도 무당이 관여했던 제정일치 사회였기 때문이다. 비단 상고 시대뿐만 아니라 고려 시대, 조선 시대에도 다양한 굿이 행해졌다. 또한 오늘날에도 많은 이들이 굿을 치르곤 한다.

굿은 개인굿과 마을굿으로 나눌 수 있다. 그것은 또 경사굿과 우환굿, 신굿으로 나뉜다. 굿은 춤, 음악, 재담, 몸짓, 노래 등이 복합적으로 어우러져 있으며 음식, 무구, 복식, 악기 등의 다양한 문화가 융합된 종합 예술이기도 하다.

3. 서천서역국은 어디일까?

바리데기는 오구대왕의 약수를 구하기 위해 아무도 가려 하지 않는 서천서역의 땅으로 떠난다. 그곳에서 바리데기는 기이한 존재들을 만나 시련을 겪고 결국 약수를 얻어 낸다. 여기에서 등장한 서천서역국은 두려움의 대상이며 아무도 쉽게 가려 하지 않는 공포의 장소, 바로 저승이다. 그렇다면 실제 서천서역국은 어디일까?

과거에 동양에서는 서쪽 지역을 서역이라고 불렀다. 그 서쪽 지역에 해당하는 것은 바로 중동 지역이다. 중국의 역사서《한서》에도 '한나라의 서쪽을 가리켜 서역이라 일컫는다'는 구절이 나와 있다.

4. 우리나라 여신

• 마고할미 : 마고할미는 세상을 창조한 신이다. 안가락 할무이, 설문대할망이라고도 한다. 세상을 만든 여신을 대모신이라고 하는데, 말 그대로 큰 어머니라는 의미이다. 생명을 낳는 어머니처럼 우주를

만든 것도 여신이다. 마고할미의 '할미'는 할머니라는 의미가 아니라 크다는 뜻의 '한'과 '어미' 즉 어머니의 합성어이다.

• 당금애기 : 우리나라 여신 중에는 '땅의 어머니'라는 뜻의 지모신이 있다. 지모신은 생산과 출산을 관장하는 신으로, 곧 '당금애기'라 불린다. 우리나라를 대표하는 신화인 만큼 알려진 이야기도 60여 가지가 넘는다. 당금애기의 '당금'은 훌륭하고 귀하다는 의미이다. 지모신 이야기는 나라가 세워지던 때의 이야기로 신화 속 지모신은 천신의 아내로 등장한다.

• 자청비 : 제주도 신화에 나오는 곡물의 신이자 농사의 여신이다. 자청비라는 이름에는 스스로 원해서 이뤄진다는 의미가 담겨 있다. 온갖 시련과 역경을 이겨 내고 사랑을 쟁취하는 자청비는 씩씩하고 주관이 뚜렷한 여신으로 주체적이고 강인한 여성의 모습이 드러나 있다.

담고 싶은 이야기

오구대왕의 일곱 번째 딸로 태어난 바리데기는 딸이라는 이유로 태어나자마자 버림을 받았다. 부모로부터 버림받았던 바리데기의 일대기를 다룬 이 이야기는 큰 반전을 보여 주며 행복하게 끝난다.

산신령을 비롯한 신성한 존재들의 보살핌을 받고 자란 바리데기는 자신의 부모도 모르고 성장했다. 그런데 아버지인 오구대왕이 죽을

병에 걸리게 된 사실을 알자, 바리데기는 자신을 버린 부모임에도 불구하고 아버지를 살리기 위해 목숨을 걸고 서천서역국으로 떠났다. 갖은 고생 끝에 아버지를 살릴 약수를 구하는 과정은 고통스럽고 어려웠지만, 바리데기는 결국 죽은 아버지를 살리고 자신을 가여워하기는커녕 없애려던 여섯 언니들마저 용서했다.

비로소 진정한 가족이 된 이들은 함께 백성들의 고통을 나누며 하늘의 별이 되었다. 이런 바리데기를 통해서 자신을 희생하면서까지 추구한 효의 가치와 역경을 극복해 내는 영웅적인 모습을 배울 수 있다.

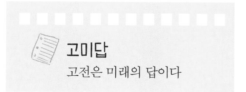

고미답
고전은 미래의 답이다

고민해 볼까?

바리데기는 어떤 여성일까?

오구대왕의 일곱 번째 딸인 바리데기는 관북 지방에 전해 내려오는 설화상의 인물이다. 바리데기는 무당의 조상으로도 알려져 있는데 발리공주, 혹은 사희공주라고 불리며 절에서 승려들이 쓰는 밥그릇인 바리때를 지니며 베푸는 공주를 뜻한다.

바리데기는 태어나자마자 버려진 공주이다. 공주는 버려졌음에도 병든 아버지를 위해 저승으로 약물을 찾으러 떠난다. 그 과정은 여느 신화에서나 볼 수 있는 '시련'의 일종이다. 시련과 역경을 이겨 내어 결국에는 죽었던 아버지를 다시 살리고, 바리데기는 백성들을 구원하는 삶을 선택한다. 이는 바리데기의 주체적이고 영웅적인 면모를 드러낸다.

미처 생각하지 못한 질문

1. 바리데기는 왜 아버지가 준다는 재산을 마다하고 백성들을 위해 베풀었을까?

2. 바리데기는 왜 언니들을 용서해 달라고 부탁했을까?

3. 동수자는 왜 바리데기와 자식들을 두고 떠나 버렸을까?

답을 찾아 한 걸음씩 나아가기

〈바리데기〉는 부모에게 버림을 받았지만 그럼에도 불구하고 죽어 가는 아버지를 위해 목숨을 걸었다.

진정한 희생은 무엇인가?

1. 바리데기는 오구대왕과 동수자에게 버림받았다. 그런데 왜 오구
   대왕과 동수자를 위해 자신을 희생했을까?

2. 나에게 가치 있는 희생이란 무엇인가?

교과서에 나오는 우리 고전 새로 읽기 3

초판 1쇄 인쇄 2020년 1월 13일
초판 1쇄 발행 2020년 1월 16일

글쓴이 정 진
그린이 김주경
펴낸이 김옥희
펴낸곳 아주좋은날
편집 이지수
디자인 안은정
마케팅 양창우, 김혜경

출판등록 2004년 8월 5일 제16 – 3393호
주소 서울시 강남구 테헤란로 201, 501호
전화 (02) 557 – 2031
팩스 (02) 557 – 2032
홈페이지 www.appletreetales.com
블로그 http://blog.naver.com/appletales
페이스북 https://www.facebook.com/appletales
트위터 https://twitter.com/appletales1
인스타그램 appletreetales

ISBN 979 - 11 - 87743 - 78 - 1 (44800)
ISBN 979 - 11 - 87743 - 75 - 0 (세트)

ⓒ 정진, 2019
ⓒ 김주경, 2019

이 도서의 국립중앙도서관 출판예정도서목록(CIP)은 서지정보유통지원시스템 홈페이지(http://seoji.nl.go.kr)와
국가자료공동목록시스템(http://www.nl.go.kr/kolisnet)에서 이용하실 수 있습니다.
(CIP제어번호 : CIP2019049186)

아주좋은날 은 애플트리태일즈의 실용·아동 전문 브랜드입니다.

━━ 어린이제품 안전특별법에 의한 기타 표시사항 ━━
품명 : 도서 | 제조 연월 : 2020년 1월 | 제조자명 : 애플트리태일즈 | 제조국 : 대한민국
사용연령 : 13세 이상 | 주소 : 서울시 강남구 테헤란로 201, 5층(02-557-2031)